U0883147

人生从容

华语文学60年·散文精选

简媜 张曼娟 骆以军 等 著
廖淑铃 主编

中信出版集团 | 北京

图书在版编目（CIP）数据

人生从容 / 简媜等著；廖淑铃主编．-- 北京：中信出版社，2019.7
（华语文学 60 年．散文精选）
ISBN 978-7-5217-0547-8

Ⅰ．①人… Ⅱ．①简… ②廖… Ⅲ．①散文集－中国－当代 Ⅳ．① I267

中国版本图书馆 CIP 数据核字（2019）第 086104 号

人生从容

著　　者：简媜　张曼娟　骆以军　等
主　　编：廖淑铃
出版发行：中信出版集团股份有限公司
（北京市朝阳区惠新东街甲 4 号富盛大厦 2 座　邮编　100029）

承 印 者：鸿博昊天科技有限公司

开　　本：880mm × 1230mm　1/32　　印　　张：8.75　　字　　数：141 千字
版　　次：2019 年 7 月第 1 版　　印　　次：2019 年 7 月第 1 次印刷
广告经营许可证：京朝工商广字第 8087 号
书　　号：ISBN 978-7-5217-0547-8
定　　价：49.80 元

版权所有 · 侵权必究
如有印刷、装订问题，本公司负责调换。
服务热线：400-600-8099
投稿邮箱：author@citicpub.com

不管是随遇而安
还是逆流而上
只要能够从容自在
便是人间好时节

目录 CONTENTS

CHAPTER Ⅰ • 迁徙

也许有一个地方

看景，听潮汐音，如此即是放松。
看潮汐，懂进退；观叶落，懂无常。

CHAPTER 2 • 成长

一啄一饮皆是宽慰

假如，生命应该有学习和所得，
那么，在复杂纷乱的世间，这便是我选修终身的课题。

CHAPTER 3 • 脚印

时间是一条永不回头的河

生命是一小块、一小块的平凡碎布缓慢缝补而成，可以当棉被，
温暖肉体，我们被覆盖于天地间，睡眠，摩擦恋人的絮语，或者死亡。

CHAPTER 4 • 驻足

童年，纯真的约定

我相信若众神闲聊，童年必是最多的话题，
因为在过了那个纯真年代以后，他们发觉世界上纯真者并不多见。

CHAPTER 5 • 放下

让心灵超越孤独

生命演出了注定的剧本，或许身不由己，但心灵可以超越其上。
那已无关道歉与原谅，而是透彻地看清了之后，就知道必须释放。

CHAPTER Ⅰ · 迁徙

也许有一个地方

看景，听潮汐音，如此即是放松。

看潮汐，懂进退；观叶落，懂无常。

青春并不消逝，只是迁徙 文 / 张曼娟

与青春恍然相逢的刹那，
我看见了岁月的慈悲

那时候的我，正当青春

那一年我 25 岁，刚考入博士班，一边修习学位，一边创作，已经出版了第一本小说集《海水正蓝》，并且因为难以预料的畅销状况，引人侧目。我很安逸于古典世界与学院生活，那里是我小小的桃花源，我可以安静地圈点和阅读，把自己潜藏起来，遇见一个巧妙的词句，便可赞叹玩味许久，得到很大的喜悦。不知从哪里看见形容男子“身形伟岸”的词汇，狠狠琢磨一回，那是怎样的形象呢？我们中文系的教授们，有温文儒雅的，有玉树临风的，有孤傲遗世的，但，都称不上伟岸，我心中仿佛有着对于伟岸的认识，只

是难以描摹。

寒假以后，我遇见了这样一位大学教授，高大壮硕，行动从容，微微含笑，为我们讲授诗词，因为曾经是体育系的，他看起来不同于一般的中文系气质。每个周末，我们都要到老师家里上课，大家围着餐桌，并不用餐，而是解说一首诗或者一阕词。看见他朗然笑语，喷吐烟雾，我悄悄想着，这就是一个伟岸男子了吧？四十几岁的老师，当时在学术界是很活跃的，意气风发，锋芒耀眼，上他的课，却从未停止兴味盎然地观看他和他的家庭。

他有一个同样在大学里教书的妻子，两个儿子。当我们的课程即将结束时，师母和小儿子，有时会一起进门。师母提着一些日用品或食物，小男孩约莫10岁左右，背着小学生双肩带书包，脱下鞋子，睁着好奇的眼睛盯着我们瞧，并不畏生。老师会停下正在讲解的课程，望向他们，有时交谈两句，那样的话语和眼神之中有不经意的眷恋。我渐渐明白，老师像一座绿杨垂柳的堤岸，他在微笑里，轻轻拥着妻与子，一大一小两艘船栖泊，所以，他是个伟岸的男子。

我们告辞的时候，老师家的厨房里有着锅炉的声响，晚餐渐渐开上桌了，我们散荡在高架桥下，走向公车站牌。一点点倦意，还有很多憧憬，我忽然想到自己的未来，会不会也有这样的一个温暖家庭呢？一种围桌共餐的亲密情感？一个背双肩背包的小男孩？天黑下去，星星爬上天空了。

修完博士学位的暑假，邀集一群好友，将近一个月的壮游。回到台北，整个人变得懒懒的，开学前下了一场雨，秋天忽然来了。同学来电话，告诉我罹患癌症的师母去世了，大家要一起去公祭，他们想确定我已经归来。

不知道为什么，我一直觉得师母会康复的，她还年轻，有恩爱的丈夫；还有会撒娇的儿子，她应该会好起来。

那一天，我去得很早，从头到尾，想着或许我可以帮什么忙。但，我能帮什么忙？谁能帮什么忙？告别仪式中，扩音器里播放的是费玉清缭绕若丝的美声："妹妹啊妹妹，你松开我的手，我不能跟你走……"我在诧异中抬起头，越过许多许多人，看见伏跪在地上的那个小男孩，那时候他其实已经是初中生了，因为失去了母亲的缘故，看起来特别瘦小。

我有一种冲动想过去，走到他身边去，看住他的黑眼睛，说几句安慰的话。但终于没有，因为我不知道该说什么，而且我怕看到他的眼泪便忍不住自己的眼泪。

人生真的有很多意外啊，只是，那时候的我仍然天真的以为，我已经获得学位了，有了专任的教职，还有人替我介绍了留美博士为对象，只要我有足够的耐心，只要我够努力，就可以获得幸福。我也以为，这个家庭的坎坷应该到此为止了，应该否极泰来了。

一年之后，我陷在因情感而引起的强烈风暴中，面临着工作上的艰难抉择，突然听闻老师脑干中风，病情危急的消息。到医院去探望时，老师已经从加护病房进入普通病房了，听说意识是清楚的，那曾经伟岸的身躯倒在病床，全然不能自主。那个家庭怎么办？那两个男孩怎么办？同去的朋友试着对老师说话，我紧闭嘴唇没有出声，我只想问问天，这是什么天意？不是说天无绝人之路吗？这算是一条什么路？

老师从三总转到荣总，开始做复健的时候，我去探望，那一天他正在学发声。50岁的老师，应当是在学术界大展宏图最好的年龄；应当是吟哦着锦绣诗句的声音，此刻正费力地捕捉着：噫，唉，啊，呀……满头大汗，气喘吁吁，看护乐观地说老师表现得很棒，我们要给老师拍拍手哦。走出医院，我的眼泪倏然而落，顺着绿荫道一路哭一路走，这是怎样荒谬而残酷的人生啊。

同时间发生在我身上的伤挫并没有停止，总要花好大的力气去应付，应付自己的消沉。从那以后，我再也没有去探望过老师，只从一些与老师亲近的人那儿探问老师的状况，老师出院了，回家调养了，原来的房子卖掉了，搬到比较清幽的地方去了。偶尔车行经过高架桥，我仍会在岁月里转头张望那个方向，带着惆怅的淡淡感伤。那里有一则秘密的、属于我的青春故事。

后来，我与青春恍然相逢

这一年，我已经在大学里专任了第十一个年头了，即将跨入40岁。生活忽然繁忙起来，广播、电视和应接不暇的演讲，但我尽量不让其他杂务影响了教学，总是抱着欣然的情绪走进教室，面对着那些等待着的眼睛。特别是为法商学院的学生开设的通识课程，在许多与生命相关的议题里，我每每期待着能将自己或者是他们带到一个意想不到的地方去。

每一年因为学生组合分子的不同，上课的气氛也不相同，若有几个特别活泼又充分互动的学生，就会迸出精彩的火花。有时遇见安静却愿意深刻思考的学生，他们的意见挑战我的价值观和认知，也是很过瘾的事。一个学期的课，不敢期望能为学生们带来什么影响，只要是能提供机会让他们认识到自己，就已经够了。

这个学期，有几个学生聆听我叙述的故事时，眼中有专注的神采。有一个经济系的男生，特别捧场，哪怕我说的笑话自己都觉得不甚好笑，他一定笑得非常热切，也因此他没出席的日子，课堂上便显得有些寂寥了。通常这样有参与感的学生在讨论时都会踊跃发言的，这个男生却几乎从不发言。该笑的时候大笑，该点头的时候用力点头，只是不发言，我猜想或许是因为他不善言辞吧。轮到他上台报告时，他从余秋雨的《文化苦旅》说到祖国大陆的壮丽山河，全不用讲稿，也不用大纲，侃侃而谈，不像是商学院的学生，倒更像是中文系的。我坐在台下，仰着头看他，原来是这样高的男孩子。明明是青春的脸孔，流利地报告着的时候，却仿佛有着一个老灵魂，隐隐流露出浅浅的沧桑。他在台上说话，焕发着光亮、自信的神态，与在台下忽然大笑起来的模样，是极其不同的。当他结束报告，掌声四起，连我也忍不住为他拍手了。

冬天来临时，通识课结束，我在教室里前后行走，看着学生们在期末考卷上振笔疾书。一张张考卷交到讲台上，我从那些或微笑或蹙眉的面容上，已经可读到他们的成绩了。

捧着一叠考卷走出教室，那个经济系的男生等在门口："老师，"他唤住我，"可以耽误你一点时间吗？"

我站住，并且告诉他，只能有一点时间，因为我赶着去电台。每个星期五的现场节目与预录，令我有点焦虑。

"好的。"他微笑着，看起来也很紧张，随时准备要逃离的样子，"我只是想问你还记不记得一位老师……"他说出一个名字。忽然一个名字被说出来，我感到一阵晕眩，那一段被烟尘封锁的记忆啊，云雾散尽，身形伟岸，微笑的老师，忽然无比清晰地走到我的面前来。我当然记得，即便多年来已不再想起，却不能忘记。

“你是……”我仰着头看他，看着他镜片后的黑眼睛，眼泪是这样的岌岌可危。

暮色掩进教学大楼，天就要黑了，然后星星会亮起来，曾经，那是晚餐开桌的时间，如今，我们在充满人声的拥挤的走廊上相逢。十几年之后，他念完五专，服完兵役，插班考进大学，特意选修了这门课，与我相认，那令我悬念过的小男孩，24 岁，正当青春，我却是他母亲那样的年龄了。青春从不曾消逝，只是从我这里，迁徙到他那里。

后来，我听他说起当年在家里看见我，清纯地垂着长发的往昔，那时候我们从未说过一句话，他却想着有机会同这个姐姐说说话。我听他说着连年遭遇变故，有着寄人篱下的凄凉，父亲住院一整年，天黑之后他有多么不愿意回家，回到空荡荡的家。我专心聆听，并没料到不久之后，我的父亲急症住院，母亲在医院里日夜相陪，我每天忙完了必须回到空荡荡的家里去。那段祸福难测的日子里，我常常想起男孩对我叙述的故事，在一片恐惧的黑暗中，仿佛是他走到我的身边来，对我诉说着安慰的话，那是多年前我想说终究没有说出来的。我因此获得了平安。**与青春恍然相逢的刹那，我看见了岁月的慈悲。**

作者简介：

张曼娟（生于 1961 年）

作家

出生于台湾省台北市文山区，畅销书作家。

曾任职东吴大学中文系专任教授，以教授古典小说、现代小说、现代散文等课程为主。

著有小说集《海水正蓝》《鸳鸯纹身》《时间的旅人》，散文集《缘起不灭》《百年相思》《爱一个人》等。

梦想二帖 文 / 凌性杰

所谓拥有梦想，
不就是不放弃坚持、勇敢地面对未知吗？

致十年前的自己

强烈寒流来袭之际，我摩挲回忆，想要告诉你这十年来我是如何抵抗这个世界的纷乱。想要告诉你，好庆幸曾经拥有同一个梦想，有同样一个家可以回去。但那都是已经好遥远的事了。安稳的教育工作做到现在已经十年，而我早就明白，人生是多么容易被安稳绑架，现代人多么容易跟体制妥协直到自己也成为体制的一部分。

你那时初出社会，前半年的薪水恰好可以付清助学贷款。当无债一身轻，你又世俗地想着，车子房子妻子孩子……不断地贷款与清偿，这几乎就是人生梦想的总和了。你的同辈之人日复一日，努力地在生活缝隙里喘息，投身参与整个体制的运转。你忽然发觉，若是这样继续下去，世界多了你、少了你似乎都无关紧要。唯有在书写的时候，你才觉得自己并不是可有可无，你一字一字敲打出来的，是自己生命的光、唯一的信仰。**你一直相信，没有故事的人生，是最可悲的。要抵抗虚无，只有靠着自己在生活中创造故事，成为一个有故事的人。**

这当下，我在自己的屋中用电暖炉取暖。甘心情愿忍受房贷，因为在这重重的壳里，可以读书写字，可以静静地倾付热情。这才恍然，真正精彩的故事，不一定是在远方。我多么高兴始终没有辜负，当初那个满怀梦想的你。

致十年后的自己

这不就是我从前想要的生活了吗？衣食无缺，在适当的时候可以帮助应该帮助的人。兴致来时驱车泡温泉看流星，懒怠的时候窝在自家沙发听音乐喝红酒。冬至以后用高粱酒烧乌鱼子，春雨绵绵的一季看雨中樱花飘落……此刻最担心的事情，莫过于日常生活出现某些无关紧要的小烦恼，自己在不知不觉中变得更容易妥协。

我发觉这将是衰老的征兆：想象着未来的时候，不再像一二十年前那么快乐了。不再想象人生的种种可能，而是更愿意接受人生的种种不可能，每每令我觉得悲哀。我想告诉你，不管时间如何流逝，一定一定，要想办法让青春期无限延长。**外貌与身体俱不可恃，唯有一颗年轻的心足以让世界每天开出异样的花。所谓拥有梦想，不就是不放弃坚持、勇敢地面对未知吗？**想到十年后，你应该还是喜欢擎举着酒杯与朋友交换人生吧。你一定不会愿意成为屋子与孩子的奴隶，随时可以从当下出走，做决定的时候不犹豫，决定以后就不后悔。我身边的人从不停止讨论健康保养之道，交换不老的秘方。我目前唯一要务，便是设想、经营一个人的老后。只要身体健康，青春期或许可以延续到五六十岁。

我会为你努力的，这样，你才可以继续快乐地想象未来。

作者简介：

凌性杰（生于 1974 年）

作家

出生于台湾省高雄市，台湾师范大学国文系学士、中正大学中文硕士，东华大学中文所博士班肄业。

曾经获得台湾文学奖、林荣三文学奖、时报文学奖、梁实秋文学奖等文学奖项。

著有散文集《解释学的春天》《关起来的时间》《爱抵达》等。

白马走过天亮 文 / 言叔夏

我知道此后将临的许多日子，
我必会一次次地落下泪来

2011 年许多人都结婚了，包括怎样也想不到的刘若英。我曾经不止一次听过身旁的友人们说唯一可能结婚的女性对象就是刘若英，“大概是因为她看起来非常淡泊的样子吧”。我对刘的印象一直停留在中学时代的《为爱痴狂》，土黄色垫肩大夹克的她在 MV 里彻彻底底地烧了一把吉他。我还记得那是第四台刚开始普遍的时代，有一个频道从半夜三四点开始就会阴魂不散地轮播着每天几乎一模一样的 MV 清单，没有主持人也没有任何旁白。这份列表大概以一个月左右作为周期会定期更新，大约是加入了每月新进榜的歌曲。有段时间，我总是在起床赶第一班公交车上学的五点钟时间，会反复地听到这首歌。

回想起来，那真是一段奇异的年少时光。我所住的那个小镇在离任何学区都遥远的地方，于是小学一年级起我就学会了在挤满众多高年级学生的公交车上突围拉到下车铃的求生技能。中学以后，母亲让我去上位于市区的教会学校，这个技能的规模于是被扩张到更大。我记得上课的第一天轮到自我介绍，当我说出自己毕业的小学时，台下的一个同学非常认真地说："你一定是第一名毕业的吧。"她用很诚恳的语气对我说："要不然怎么可能进我们学校。"

我知道她没有别的恶意，但这段话里我只听到两个部分：她用"你"来称呼我，用"我们"来称呼自己。"我们"当然包括未来的"我"，可是却无法化解当下的我站在台上的那种困窘。我下意识地抓紧了制服裙子的皱褶，不知道该将自己的手脚摆放在哪里。下了台以后我发现那裙子变得更皱了，而且沾满了白色的粉笔灰，后来一整天除了被点名和上厕所的时间以外，我都坐在自己的位子上，一动也不肯动。

对那个学校的人而言，我所来自的地方，无疑是甲仙或都兰之类的地名。我没有邀请过任何人来我家，也没有同学提出过放学后一起去补习班做功课的邀约，整个中学六年，我都过着独自搭乘公交车上下学的生活。从我家到学校的通勤时间大约要花上一小时，公交车会从繁灯夜景的城市一路蜿蜒爬上大坪顶，绕过山区而下。我总是无聊地对着窗外刷过的景色发呆。车厢的人渐渐稀少了起来，公交车摇摇晃晃地，从城市渐渐驶离，常常一不小心就使人陷入了瞌睡之中。冬天的天色暗得极快，在一本摇着摇着就几乎要从膝上掉落的英文课本里醒来时，四周已是荒瘠暗黑的山野。

不知道为什么，那时的我非常喜欢那样苏醒的时刻。天花板上老旧的日光灯管白晃晃地，像水族箱般地笼罩着整个车厢。周围稀少的人们看起来都那么孤独，一个个散落在蓝皮座椅的角落里；他们有人像是水鸟那样垂头睡着，有人蜷起身体紧挨着铁皮的车厢呆坐，脚边堆放着一个好大的旅行袋，他要去什么地方？要去那里做些什么？我想不出这班夜车能抵达一个更黑更暗的地方了。车厢上方悬挂的吊环无声地摆荡着，像一个隧道般的梦境。窗外大片大片瀑布般的黑色里连一盏路灯也没有，只有窗玻璃上倒映出的暗褐色的自己，车子一撞上了窟窿就五官迸散，支离震颤。

若年少时代的某些路径实则含有某种隐喻，那么这条隧道般的返家旅程也许便成为了我日后某种抽象道途的原型。长大以后我发现我不能习惯跟人一起回家，即使是顺路也不行。我喜欢自己从一个喧闹的聚会中离开，喜欢和亲密的朋友告别后独自消失在极黑极深的夜色里。这简直是一种仪式或姿态，需要一条巷子或一段四站左右的捷运来抵达。**抵达自我；自我像是一座空空的井口，井里什么也没有。在那孤独的距离与风景之中，沿途的灰尘与细琐皆被涤洗沥净，将我清洁地接迎回到自己的房间之中。**

那种黑色一直让我感到非常安心。我后来就成为一个在那种黑色里生活的人。写不出论文的时候任性地不写，过很长时间日夜颠倒的生活。在半夜三点的厨房里煮面条呼噜噜地吃完，听很多电子音乐，一整晚反复倒带看电影里喜欢的片段。衣服与书籍杂乱地散落在地上，它们亲密地将我包围。夜晚里所有的人都睡眠了，街道空无一人。有时我会拎着钥匙出门去便利商店，买回荞麦凉面与苹果牛奶。有一次，我遇到一个自动门被上锁的便利商店，我在门下站了好久却始终等不到它开。后来我隔着玻璃门看见柜台后的店员在收款机下方竟打起盹来了。他的睡脸如此安详，简直他就是这个店里所有饮料书籍便当酒瓶的一部分。我后退几步，整个店看起来像是一只玻璃箱子，一个水族箱。我忽然明白他们的关系其实是鱼与水蕴草，而我只是一个水蕴草睡眠时做的梦。我是一个拜访者。

但其实我真的只是梦。15 岁的自己梦见了 30 岁，像背起大袋去一个很远的地方折返回来，我忽然就 30 岁了。在 30 岁的深夜房间里，我经常想起十几岁时的自己，想起那时的冬天清晨是如此黑暗，我甚至再也不曾遭遇过那样绝对性的黑。那种黑色只存在于人生的某个时期，像底盘一样地嵌合着只有那时才能拥有的所有缺口。我想起那时的自己总是摸黑在睡梦的边境里醒来，坐在床上安静地发呆。想起窗外冷空气的清冽气味，混杂着夜色即将褪去的某种气息，潮水般地涌进窗来。我会蹑手蹑脚地穿越过睡眠的家人们，在不开灯的客厅里扭开电视频道，在电视光管的摇晃中，开始做一些刷牙或梳发之类的窸窣情事。

我想念那样孤独的时光，在天色亮起来之前，我在黑暗的客厅沙发上蜷起身体，什么也没想地盯着电视屏幕里流泻溢出的 MV。那些影像伴随着电视机里发散的光晕河流般自我的脸上流过，那些歌曲都极伤感、极惆怅、极90年代。《天空》《心动》《恨情歌》《我愿意》《白天不懂夜的黑》《诱惑的街》《为你我受冷风吹》，听着听着就让人流起泪来，但我其实不知道自己为什么流泪。也许是年少的敏感与脆弱；也许是天亮的预感伴随着歌曲的消逝逐渐逼近；也许这客厅里的黑暗就像光圈般地从头兜拢包围了我，世界变得极小极小，只剩下自己和眼前的屏幕。而天亮像一匹白马从窗外走过，走过以后，家具、墙壁，还有我双手环抱的自己，便渐渐地在黑暗中清晰了起来。我好像在那些天亮前的歌曲里抵达了未来的自己，像做了一个30岁的梦，手指的前端伸得好长好长，几乎要抓住了什么，那在梦中被我追捕的物事总是在指尖的前端，一碰到了边缘就要被遣送回返。

回到哪里？回到生活，生活里的我是一个15岁的孩子，穿起校服搭乘一班清晨的早车去一个遥远的城市，在耶和华伫立的校园里读书。读很多书。关于地球的倾斜角度与星星排列，等边三角形的离散倾轧，右心房与上腔大静脉的路径图，中南美洲的气候与极地所有等高线轴，并且从未谈过恋爱。每天中午，我总是独自一个人到图书馆去，不是为了读书，只是不能习惯中午吃饭的教室气氛。我厌倦女生班级的午餐时间总是充斥着谁喜欢谁与讨厌哪个老师的话题，我讨厌那些必须在进食行径中反向掏出隐私以示交易的活动，而且我无法忍受各种不同的便当菜色混杂飘散在同一空间的杂交气味。这些都使我感到受伤。午间的图书馆只有一个很老很老的女管理员，她老得好像从有这座图书馆开始就一直在这里似的。我穿越她那像是某种高地植物般的存在，在一排一排光影斑驳的书架间游荡。午间的百叶窗被阳光吃得一痕一痕，斜斜地晒进幽暗的书库。很薄很薄的光，摊在地上像水一样。在那介于光与暗的交界缝隙里，我发现自己的影子变得非常非常淡。我忽然理解到，这个中午，这老旧的图书馆再也不会踏进第二个人了，书页的声音从墙壁的缝隙里窸窣地传来，我觉得自己变成了这个学校里的鬼魂，在魍魉之间晃荡。

我从索书号 800 开头的书架上取下了一本书，根本不认识作者，只因为书名叫作《追忆似水年华》，我趴在阅读桌上不太认真地读着，有一搭没一搭地，到现在我都还记得开头第一页的标题就叫作

《在斯万家》。我根本忘记在斯万家发生了什么事，冷气运转的声音轰隆轰隆响着，我只记得窗外的白日好亮，好晃，好空旷，我转头注视着那曝光般的白色，蓦地感到心慌了起来。好像有人就在那白光的尽头端起相机对我拍摄，咔嚓咔嚓，使我反白，把我照干，将我照片一样地悬吊起来。我不知道自己会成为什么样的人，会到什么地方去，会在哪里过着什么样的生活，会遇见什么样的人。我忽然觉得非常非常想哭，胸口和鼻腔都被什么紧紧地揪住。我翻遍全身所有的口袋想找到一个阴凉黑暗的洞口去摆放自己燥热的手指，却很遗憾地发现这条裙子里没有任何口袋。在那个手足无措的时刻里，我忽然极度极度想念那些天色未亮前的黑暗客厅，和那首仿佛天气般反复播放的《为爱痴狂》；电视屏幕里的刘若英背着极大极大的吉他无谓地唱着：

> 我从春天走来，你在秋天说要离开……

我已经忘记那个中午，在斯万家的书桌上，究竟有没有掉下眼泪了。而流泪与否，或许也已根本不那么重要了。**我知道此后将临的许多日子，我必会一次次地落下泪来。我必会。如同所有必将来临的天明。**90 年代白马般地自窗外走过，仿佛一个天亮。

天亮以后我就 30 岁了。如此而已。

作者简介：

言叔夏（生于 1982 年）

作家

本名刘淑贞，出生于台湾省高雄市。毕业于东华大学中文系、政治大学中文研究所，政治大学台湾文学研究所博士。

曾获花莲文学奖、台北文学奖、林荣三文学奖等。

著有散文集《白马走过天亮》《没有的生活》等。

味之道（选二）

文 / 吴岱颖

与其纠缠于幽微难明的道理，
不如还是回头吃蟹为妙

条理

凡物有条必有理，尤其是送入口中的食物，因条而成理，似乎是道之必然。揉面成团，搓以为条，入汤煮之，东汉称之为“索饼”。汤面本为主流，但唐代宫廷在夏日必吃“冷淘”凉面，而宋元时期更发展出干式的“挂面”。形制不同，其理则一，无非就是使未发酵的面团借由搓揉产生筋性，或擀平而切，或拉扯抻长，制成易入口耐咀嚼的面条，再以各式各样的汤头浇头丰富味觉，连吸带啜，放肆饱餐。至于煎至焦黄的广式炒面，多了一份酥脆面香，似乎又回到饼的本质了。

面是思绪的延伸，揭露存在的真相。无论宽窄粗细，扁薄厚实，都是下水前各自成理，沸汤中转相缠缚，但齿牙切咬之后同样一一断离。至于刀削面片腾飞落锅，看似奇技淫巧，到底师傅手中的面团由重而轻而虚无，心情也就轻松了。

我喜欢在阴郁的天色里端着一碗热汤，汤中白面条条分明，菜叶或舒或卷点缀其间，原本纷杂难解的心事遂变得清朗起来。**解忧无需杜康，痛饮沉醉过后，问题总还是在的，不如一碗清汤挂面，看得清楚，想得明白，也就有了解脱之道。**

卸甲

不可由他人代劳之事有二：一是过日子，一是吃螃蟹。人们总把日子过得像甲壳厚硬，只是再怎么抵抗，时间到了，还得脱去一身武装——脱壳重生是成长，断肢求生是妥协，弃还其生是死亡，一切变化皆属自然。天命有数，非关人力；味在自知，难以言宣。与其纠缠于幽微难明的道理，不如还是回头吃蟹为妙。

海产河鲜，以蟹味最为霸道。袁枚以为此物只可独食，不宜搭配他物，且须自剥自食，方解其中妙趣。法国人以为饮食吐渣不敬主人，料理螃蟹必定拆肉奉呈，又调和协佐，犹如焚琴煮鹤，大煞风景。日本人吃三大蟹，蜘蛛蟹咸甘，帝王蟹鲜甜，毛蟹肉质细致，虽各有长处，但只取其肉，于味之道终究有亏。

若说膏黄子肉四味俱全，首推大闸蟹。蟹黄是蟹的肝胰腺，蟹膏则是性腺，风味殊美难以描摹。农历十月，雄蟹体内膏黄各半，金相玉质，富贵中人。此时吃蟹，吃的其实是欲望。欲望无形无质，勾引人辗转沉沦，饕家之所以爱蟹，也就找到了深层的心理动因。脱卸壳甲，还见本来，人与蟹并无不同。弗洛伊德以为性欲是人类行为的基本动机，在吃螃蟹这件事上，我不能同意得更多了。

作者简介：

吴岱颖（生于 1976 年）

作家、诗人

出生于台湾省花莲县，台湾师大国文系毕业。

曾获林荣三文学奖、时报文学奖、全国学生文学奖等，现任职于台北市立建国高中。

著有个人诗集《明朗》《冬之光》，与凌性杰合著《找一个解释》《更好的生活》。

知影（选二） 文 / 孙梓评

我知道所谓的此刻是同时发生的，
没有绝对美好的一瞬

晴朗的背叛

我们幸运极了

不确知

自己活在什么样的世界

——辛波斯卡（Wistowa Szymborska）

生活中偶尔会有这样的时刻。

睡醒之间，发现天气预报失灵，于是开心穿戴晴朗的预期出门。软硬适中的风景，准确镶嵌在视线之中：无具体方向，无确定事件，无必要指示，只有大把大把的时间可以零花，就像慷慨的阳光，从遥远之处温柔地向地球献出。

随意走进捷运站旁小径，尽头的二楼咖啡馆，就这样敞开了窗，接收温暖。窗与树等高，白色木桌椅上方站着乖巧透明杯子，迟到的朋友才刚刚发来简讯，还滞留在充满纪念意味的那一站。我翻开背包里的诗集，辛波斯卡所暗示的字眼，像结晶的盐，微咸，无色，沉默地布满我的舌尖。

我知道所谓的此刻是同时发生的，没有绝对美好的一瞬。闭上眼，仿佛可以闻到鼓噪的示威抗议，不落幕的挖扒举动，亲子互动的纠结呐喊，教育制度的创建失衡……啊，如果，轻轻扯动手中的经纬线，整个世界互为牵动的版面，就像波浪般堆挤到面前，终究是不够聪明，无能拨开迷雾字典，只任由自己迅速缩小，成为一个他人眼中的错字。

风来了，吹动咖啡杯上的白沫。优雅的辛波斯卡也会轻轻地说出“我不知道”吗？在所有无知的总和里，我逃出算式，在晴朗的默许下，在白色木桌的陪伴中，等待一个解答。

但有谁真正肯定晴朗的永久性？窗外，云朵黑暗移动，就要迅速吃掉街上人群。我喝完最后一滴咖啡，穿过大雨离开。

正面的背面

我听见人人在我体内迈步

于是扩大了我的孤独

从开端到开端

——里尔克（Rainer Maria Rilke）

处理不了的厌烦，像淹涨的潮，从身体的底部渐渐向上。

仿佛一切皆可弃毁，都不要了，已获得最大负面价值：生活的霉味。进行中的暧昧身份。停航的事件。微干涸的恋歌。失控存在线条。就像是去到地球上最长的一夜，躲在恶寒之中，想要把紧握的已存档时光，撕裂成条状，借风扬远。当这样的片刻来临，谁也不能拯救，电力趋近于零，大量的自厌像捆了又捆的白色绷带，无法拆卸。于是梳洗干净出门，单人漫游不熟悉的街巷。街头洋溢着温馨风景，悠闲的人们仿佛有用不完的周末。绿树环住社区，踅进巷弄中，一间咖啡馆隐匿着。绕过门口北欧风家饰，内里劈出一爿利落空间。

墙上，硕大的钟注视着一切。

想起里尔克。在《定时祈祷文》里，潜进虔敬生活、抓住微弱隐喻，使自己能接受时间抚摸、畅饮黑暗涌泉，换得更勇健心灵的里尔克，是如何使用谦虚，实践修士生活，让万物穿过？那样的自体孤独循环，是否更能接近纯粹核心？当厌烦高筑，被各色物质填满的我，如何装进任何观察的微沫？茶淡了，透明的杯子是伪装的，白色胶质桌体是虚载的，空间是变形的允许，唯有静静忍耐，像一方沉默而潮湿的织物。

久坐的午后，等窗外天光变老，等音乐放凉，等墙上悬挂的钟面枯萎，或许，只有孤独将永远绽放，直到厌烦的潮汐无聊地褪去。我蹑手蹑脚从背面走回正面，像某一负数不小心回升为零。

作者简介：

孙梓评（生于 1976 年）

作家、诗人

出生于台湾省高雄市，东吴大学中文系，台湾东华大学创作与英语文学研究所毕业。

著有诗集《如果敌人来了》《你不在那儿》《善递馒头》，散文集《甜钢琴》《除以一》《知影》等。

躲在黑洞是我的天赋 文 / 钟文音

也因此我既需讨相聚的爱，
却也需索相思的距离

在黑洞里的孤独是那么的熟悉，除了阅读与书写，也许我不需要别的慰藉了。

在我熟悉的地方我就会放松，我的窝是我最熟悉之处，所以在家都很放松（*只要不被感情的黑云笼罩*）。书房是躲藏的必要洞穴。在这黑洞，仿佛躲藏着死神那快感的脸孔。“深处在一个洞穴之中，身处在一个洞穴之底，身处几乎完全的孤独之中，这时，你会发现写作会拯救你。”“买房子导致了疯狂的写作，它好像是火山爆发。”空间对莒哈丝产生如此巨大效用。房子给予她安全感，可供逃亡安身的居所对她无比的重要。

我这几年才知道为什么我在我的家（*必须是我一个人的家，不能是母亲或是哥哥之类的家*）能够放松的原因，因为我的窝包含我个性的两极：极冷与极热，极净与极乱。我很怕去缺少人味或者是有洁癖者的家，然而也很畏惧去充满隔夜食物馊味或者堆栈遗弃物的猪窝。但我认为家应该有个地方是可以乱置物品的，哪怕是书籍堆到快倒塌了，我的书房就是呈现这样的精神战后乱象，我坐在书房的椅子上几乎全面被书墙团团围住，乱丢的感觉很好。然而我的客厅却总是十分整洁有序，当我从乱城步出时，我渴望进入客厅的安逸秩序。我需要二者的平衡才能感到放松与自在，就像我喜欢的人都有一种绝对（很有个性），在绝对里却对人性有很宽的空间，包容从乱到序、从脏到净。

我的窝雌雄同体，我很自在，想乱（各种乱，思想的心情的……）就进入书房，想序（各种序，身体的精神的……）就来到客厅。客厅家具都是木头的，有一些从家乡搬上来，阿公阿嬷坐过的板凳特别温贴着我的身体。客厅还有一张绿色绒布面的海派式单人沙发，铜饰木箱，雕饰着花鸟鱼兽的木柜（我阿公曾经从这个抽屉拿出许多的日本铜板要我去买糖果吃，他忘了他不活在那个年代了）……客厅充斥着怀旧风格，让心似乎显得容易沉淀些。

客厅墙上悬挂着我的画作，是我自己的画廊。

还有白瓷观音菩萨端坐一方，慈眉善目地伴我经年。

客厅是我放松之地，放松到我有时会像个老太婆竟然在沙发椅上打起盹来，甚至还做了个眠梦或者还溢出了点口水。

能让我放松的空间也通常人工与自然并备。我常以为人不独需索自然才能放松，（大声宣说返回自然者其实常常是带着人工进入自然，当他们登山时，当他们赏鸟时，他们带着如大炮的摄影器材，他们带着高倍数的望远镜，他们吃着罐头煮着面条……谁能拒绝人工？）而我是没有人工物品也是无法放松的人。好比一早我需索咖啡香气，好比入晚我想要品一盅茶，这都得借助人工（一早没有闻到蒸汽呼呼煮出的咖啡香好像整个世界都阴黑了）。

然完全人工的地方又非吾心能放松之地。

我的心啊，很麻烦。

麻烦的心想要放松得有高剂量的抚慰品，好比纯粹没有负担的爱，好比可以和我精神对话的书或伴侣，好比可以完全浸淫在自然美景……

我的心需索在人工中要有自然，在自然中要有人工（就好像我需索恋人最好分别住在两个地方，若住在一起我就无法放松，也就是说，我的放松方式不是单一的幸福给予，而是必须有我高度自主权所参与的方式才有可能。此或者又是个性洄游的两端）。

也因此我既需讨相聚的爱，却也需索相思的距离。

若要边界出我的放松模式，即我所处的空间必须具有人造物质的抚慰，却又不能缺少自然美景的全盘犒赏。

于是，我的窝内部有华丽物质世界供我取用，但就在几步远的前方即是姿态成排的榕树与不断潮来潮往的河水流淌。

看景，听潮汐音，如此即是放松。看潮汐，懂进退；观叶落，懂无常。我的窝上午可见到十姊妹飞过窗前，白鹭鸶掠过水面。若想看更远更远的远方，就往河岸走。散步是放松良方，散步是邀请缪思来到心房的可喜途径。

世界很大，我的步履行得很远，在国际换日线的每个落日里，我总是想要回家，回到我的世界——我的窝，在我的美丽陵寝安歇，此即我的百忧解。

“她追求宁静而不可得，却在这屋子里透过对灵魂执拗的呼唤，使记忆中的事物具象出现，它们就像活人在她隐居的屋内行走，反使她得到了平静。”在这间屋子，好像灵魂也长手长脚似的，在静默里，灵魂喧哗。

作者简介：

钟文音（生于 1969 年）

作家

台湾省云林县人，毕业于淡江大学大众传播系。

曾任电影剧照师、记者，自 2000 年专职写作至今，现为专业作家。

著有长篇小说《女岛纪行》《爱别离》《在河左岸》，短篇小说集《一天两个人》《过去》，散文集《三城三恋》《孤独的房间》《奢华的时光》等。

最初的梦——记我年少时的朋友秋 文 / 宇文正

我随着本能朝向光走去，
把她留在了一个黝暗的玻璃屋之中

从中华商场如何走到重庆南路？我这个方向盲，一生有半生时间在找路。我找不到那已拆除的商场，一如我找不回与秋相处的时光。

我常常想起这个画面：我们一票同学走在中华路的天桥上，后来我和秋脱队了。星期六中午，大家在商场吃过牛肉面，有人嚷嚷着去 J 家玩吧。J 有一头咖啡色的头发，戴金框眼镜，她的制服都是量身定做的。路上，她跟秋拌嘴了，突然嘴一抿："那我不要请你去我家了啦！"秋冷冷地说道："我又没有说要去！"J 一脸受伤的表情。秋放慢脚步，我跟着她放慢脚步，我们就这样渐渐脱队了。

我们转身默默走了一段路，突然一起放声大笑，一路走到了重庆南路。秋在一个书摊前跟老板聊起来，很熟的样子。她拿起《大亨小传》放我手上："这本好看！"那时我老读《红楼梦》《飘雪的春天》什么的，对西方文学陌生。

秋也读《红楼梦》。她给我的信中写过："宝哥哥曾经是最痴迷执着的人，在书末仰面大笑而去的时候，竟已由至情而成无情！遍历人世诸般沧桑，岂能不'死'？重归顽石的心性……"今日读来这些"老气横秋"的话，在当时却是震撼我心的。我们天天见面，却还写信，女孩子就这样。秋是个沉默的人，却喜欢写信。高二时我们班上玩过"小天使"游戏，就这么巧，她抽到我的名字，当我的小天使。小天使写信来打招呼："小雯雯，今天看你打出一个仰天大哈欠……"故意假装小学生的的幼稚笔记，我一眼便认出——她的字本来就很幼稚。

我们周末有时在中正纪念堂游荡，对面有家小亨利西餐厅，从黝暗玻璃窗看进去，只见得到暖暖的光晕，看不见里面的人。我开始向报社投稿，远远指着小亨利："如果登出来，第一笔稿费就请你来这里吃冰激凌！"那是我们唯一一次进入这家对我们来说有点奢侈的西餐厅，我们两个点了一客漂亮的圣代。我的写作梦，或许就从这个时代开始的吧？

秋是我人生里的第一个读者。有一年采草莓，中午在大湖云庄午餐，点一客好大的草莓圣代，一家三口分着吃。我想起那年与秋的小亨利之约，跟儿子说这个故事。

“你那个朋友呢？我怎么没有见过？”

“她过世了。”儿子愣住了，“我在海外念书那年，她跟同事全公司去花莲旅行，旅馆发生瓦斯外泄，一群人集体中毒意外过世。”

我人在外面，当时并不知道这个消息。但我的信秋没有回，圣诞节，我又寄了卡片给她，却收到她姐姐的回信。人在异国，秋的脸不断浮上心头。她的侧面很像当时军训课本上画的持枪示范女生，那时每次军训课打开课本，同学们私下便窃窃笑说：“阿秋在上面！”我也想起她姐姐。她老姐念北一女，有点儿胖，一副脾气很坏的样子，也可能是看不惯秋整天晃来晃去毫无目标、效率，见到我们都一个德行便也没什么好气。她老说秋是怪胎，但我们都觉得她看起来紧张兮兮的才奇怪。后来秋的老姐考上台大心理系，她对秋说：“我学心理学，第一个就研究你！”

第一次去秋家时，我问她：“你家做什么的？”“我家卖鸡蛋。”我咯咯笑个不停，心想哪有人开店光卖鸡蛋的，“总有卖点别的吧？是杂货店吗？”秋摇头：“没有，全部只有鸡蛋！”到她家我吓一跳，原来这世间真的有光卖鸡蛋的店。那天陪她看店，坐在鸡蛋筑起的城堡里，忽然觉得，这家人整天在这种易碎品环绕中，难怪每个都怪怪的。

一个鸡蛋店的女儿，父母好像也不大说话，而唯一的姐姐对她整天读课外书早就看不惯了，那么秋庞大早熟的阅读资讯从何而来呢？我总也想不透，只能解释是一种宿慧吧。她小学就开始窝在租书店了；中国、西方、经典、通俗来者不拒，连金庸小说，我也是在她“推荐”之下才开始碰的。

她是我这一生唯一真正经常“讨论文学”的朋友吧，上大学后，读书是很个人的事；即便今日，写作同业中也有几个哥们好友，相聚总也是谈工作、生活、文坛琐事、社会议题……阅读，是很私人的事，就像我们不会互相问起用什么保养品或洗发精。为什么少年要读书，为什么少年要交友？在心最易感，神经最纤细的少年时光，我很幸运地拥有一个可以细谈红楼人物，可以叽叽呱呱讲海明威、黑塞、杰克·伦敦小说，可以一起背诵元好问《摸鱼儿》——当然是因为读了《神雕侠侣》，可以讨论《凡·高传》《异乡人》《美丽新世界》《如果麦子不死》讨论个不休的朋友。我与秋如何要好起来，小女孩时期的种种心思都已淡忘，对她的回忆却是跟这些书的封面、片段文字紧紧交揉在一起的。比如我读《安妮的日记》时，对于安妮一家躲藏的密室，脑海浮现的，却是秋他们家鸡蛋店楼上阁楼般的幽暗小房间。

大学联考我如愿考上当时“扬言”要去的东海。而功课虽然打摆子，但一用功便可名列前茅，照说闭着眼睛都该考上的秋却意外落榜了。回想起来，我俩的人生，在那个夏天，似乎被命运各自带向了背道的远方吧。我进入梦中的仿唐式建筑校园里，读书、社团、联谊、恋爱，像大部分的大学生一样；有时挑灯写作，继续孵着一个梦想的泡泡。秋则进了重考班，第二年，令人难以置信地再度落榜。她放弃了，随便念一个商业三专，毕业后在一个小公司做着业务工作。

我们有时见面，两人都工作得很辛苦，不过我眼圈都黑了，每天还是一样元气饱满地奔波采访、写稿，见了还是叽叽喳喳；秋却更沉默了，少女时聪慧灵动的思绪好像丢在了什么地方，她也不再谈论阅读了。每次见她时我心里温暖，离开后又总是很怅惘。我想，她心里头一定有某一个东西脱落了，在第一次意外落榜时就脱落了，她始终没有找回相应的螺丝，无法好好地重新拴上。我想起以前她姐姐老骂她“魂不守舍”，她本来就不积极的人生，变得更虚无恍惚。我不知她丢失的那东西是什么，只觉得那场瓦斯意外，对她而言，其实在她高中毕业前后，甚至更早就已经埋藏，多年后那一氧化碳才泄漏出来，窒息了她逐渐封闭的生命。

接到她姐姐的信，我慌乱得不知如何是好，高中同学多已分散，不知该问谁，我哭着打越洋电话给前男友C，他只淡淡地说：“这就是常态嘛！”我的好朋友这么年轻就离开人世耶！放下电话，我感到彻骨的寒意，异国冬夜里，我拥着被子无法停止地啜泣。

秋的句子，到今天仍常来到心头，“重归顽石的心性”，我想这或许就是我大学后见到的秋吧？至于为什么，永远也不会有答案了。

但有时我幻想其实秋是另一个我，那个潜意识中想要成为的，比较高挑、比较酷、绝不乡愿、从不取悦谁的我；而我是她的另一面？终于我们来到一个岔路口，背对着背，我随着本能朝向光走去，把她留在了一个黝暗的玻璃屋之中。

作者简介：

宇文正（生于1964年）

作家

台湾省基隆市人，毕业于东海大学中文系。

曾任《“中国”时报》文化版记者、汉光文化公司编辑部主任等职，现任《联合报》副刊主编。

著有短篇小说集《猫的年代》《台北下雪了》《幽室里的爱情》，散文集《这是谁家的孩子》《颠倒梦想》等。

CHAPTER 2 • 成长

一啄一饮皆是宽慰

假如，生命应该有学习和所得，那么，在复杂纷乱的世间，这便是我选修终身的课题。

缘起不灭 文 / 张曼娟

每一次挥别与拥抱，
每一次呼喊与狂笑，
竟然都是相同的韵律

缘起

童年时，最吸引我的，是一个洋酒瓶底的小娃娃。穿着芭蕾舞裙，踮着脚尖。不管在任何时刻，只要上紧发条，她就会轻盈地、带着愉快表情拼命打转；总是无怨无尤，在不变的乐声里，重复相同的动作。

她的纱裙雪白，一尘不染。而她的手臂、双腿与腰肢，纤细得令人担心。会不会终有一天，因为高速地旋转而折断，而整个儿倾圮？

她所有的生存空间，就是瓶底那方突起的玻璃罩。罩外是可以溺人的醇酒；酒瓶外则是无限开展的，可解或不可解的茫茫人世。任何人都能让她在玻璃中翩翩起舞，却触不着她。当然，隔着流动的波光滟滟，也永远不能了解她的心情。她一成不变地舞着，在众多凝注的眼眸前。有时候，她可能厌倦了命定的回旋，盼望乐声煞止，转盘停息。在长久的寂寞中，她也可能企盼如一只彩蝶，在一双灿亮、赞叹的瞳仁中，让时光停驻；在那一刻，结缘。

她的梦想，常常只在乐声起煞之间幻灭。然后，便静静等待，下一次触动发条的手指。

渐渐地，伴随成长而来的挫折沧桑，迫使我把自己也罩入了无形的玻璃罩，成为瓶中的娃娃。生命中的所有情结，其实也只是一场无止境的轮回。我们常在类似的情境中心折；在同样的激动里淌泪。每一次挥别与拥抱，每一次呼喊与狂笑，竟然都是相同的韵律。命运既然支配着祸福得失，如何能在每次的缘起缘灭中，堆砌新的憧憬？维持心中始终不变的愿望？假如，生命应该有学习和所得，那么，在复杂纷乱的世间，这便是我选修终身的课题。

白发封诰

在灯下，我轻轻画上一个句点，把执笔半年的研究论文，做了最后的修饰，然后结束。时间，是凌晨四点多。除了灯亮处，四周是一片黑暗、潮湿与阴冷。

当时，正是寒流来袭的隆冬。

费力挺直酸痛的背脊，挪动麻痹的双腿，轻轻活动手指，我闭起眼，便听见保温热水瓶到达高温以后的跳动声。夜夜，它暖着一壶水，使我在搁笔临睡前，能有一杯滚热的牛奶充饥。而在夜很深很冷的时候，我伫立父母床前，聆听他们均匀安详的鼻息，觉得无比愧疚与伤感。

从两岁半，我摇摇摆摆去上学，便展开了二十多年的懵懂岁月。所有的，大大小小的困难与挑战，我并不怕。因为知道，总会有两双苍劲的手，有力的胳膊，为我撑一片天。

而在这几年，我更尽力地去做些什么，以扫除父母脸上的阴霾。在这些作为的过程中，我有时候孤立，有时受委屈，便忍不住倾诉。说完了，我可以安然入梦；他们却忡忡地添加双重忧虑——担心我所烦恼的，以及被烦恼困扰的我。曾有那样一夜，我在鲜花与掌声的围绕中谢幕，知道灯光以外的父母将以我为荣。却有朋友谈起我的母亲，说："怎么突然生了这么多白发？"

我恍然而悟：原本，我是焦急地想为他们带来荣耀；结果，却迅速地将黑发催白。

真的，再没有人比他们更清楚，我的付出与收获，我的欢喜与哀伤。当其他的人，带着一股难以捉摸的笑意，谈论我的今天，说"她只是运气好"的时候，我从不分辩。只要一回头，便能见到父母斑斑的白发，他们看见我所有的一切。而今生注定的亲子缘，使我不得不承认：这确是令人称羡的好运气。

然而有时候，母亲会感到不平。她看见我因长期书写而扭曲变形的手指；她知道那些因用脑过度而失眠的寒夜；她服侍着因耗尽精力而病倒床榻、欲死欲生的女儿。她总是要不断地、不断地承担这些折磨。于是，当那些怀疑的、轻蔑的话语，传到她的耳中，便成为一种刺激与伤害。

如果可能，我真愿生生世世与父母结缘。只怕他们不愿。不愿再担这样多的心，流这么多眼泪。

修业三年，我到学校领了硕士服回来，感觉格外艰辛。在古代，得到功名的人，父母可以受封诰的。而我只能在镜中，全副穿戴了，与他们相视而笑。三年前，是父亲扶我进考场的，否则，我根本走不进去。

因为持续一段时日的熬夜苦读，应考第一天，刚睁开眼，我的心便一直往下沉，完了！我对自己说。眼前闪亮着一片朦胧，只要翻身，头部便剧烈疼痛，我呕吐两次，濒临虚脱。呼吸与心跳都呈现不正常的运作。以往，过分劳神的时候，偶尔会有不适，但，都比不上这一回的来势汹汹，带着毁灭性。的确，它是要摧毁我和其他人公平竞争的机会。我在枕上流泪，气愤甚于病苦。去看医生吧！母亲不断劝说。可是，医生哪里帮得上忙？我不需要医生，我只是不甘心哪！好不甘！擦干眼泪，坐起来，我对父亲说：我要去学校！

我要去考试！我要去……

从木栅到外双溪，颠簸的两个钟头，像溺水的人一样，我紧攀浮木似的父亲。坐在车中，有时呼吸不能顺畅，有时心跳几乎爆裂；一阵燥热，使我汗如雨下；猛地寒冷，让毛孔尽张。好几回，我感觉自己撑不下去了，恨不能崩溃地跳下车去。一路上，我和父亲都不开口，提防着那两个字脱口而出：回家。若真回家了，父亲知道，我将遗憾终身。他把我的手握在他宽厚温暖的手中，让我贴着他的胸膛。而他正努力地，把勇气和信心输送给我，我可以感觉到。正如二十多年前，抱着羸弱早产的第一个孩子，从台北坐出租汽车回中坜的途中。初生的婴儿如初生的小猫，父亲小心捧持。偶尔探探婴儿微弱的鼻息，恐怕度不过春天。二十几年后，早产儿已然亭亭，却在这重要的时刻里，回复到初生的羸弱。父亲触动我冰凉的面颊，轻抚我浓密的黑发……渐渐地，焦躁不安的情绪平静下来。同样在车厢中；同样在父亲怀里，我能挣扎着撑过第一个春天，当然也可以熬过这一次苦难；并且惊觉到，已然经过二十二个寒暑春秋。

榜上有名，我无心与那些意外的眼光和评论计较。因为这件事给我更大的启示——以赞赏的心情看待别人今日的荣耀，并肯定他们昨日的辛勤耕耘——有些人或许永远不能领略这道理，我却可以受用终身。

至于父亲和母亲，我为他们带来的封诰，只是年复一年，遍洒发际的银丝，深深镂刻的皱纹。

闲览心情

不管我是怀着怎样焦虑的心情来到，一旦站立在一排排书架前，与穿越光阴的古籍相对，那些小小的干扰与烦躁，逐渐沉淀而终于微不足道了。

在我眼前，有那样多的典籍陈列；在我身后，将有更多著作要流传。我站在狭窄的空间怔忡着，思索着十三经与二十四史；诸子百家，诗文词曲……然后，猛然发现，**从古到今，叙述流传的，其实，只是心情。**

李白把酒狂歌，人生在世不称意，明朝散发弄扁舟，这，不是心情吗？老子以为吾人的大患，只是有身而劳形的缘故，这，不是心情吗？诗经卷首便是窈窕淑女，君子好逑，这，不是心情吗？孔夫子长叹一声，唯女子与小人最为难养，这，不是心情吗？太史公写豫让吞炭；项羽自刎，无不椎心泣血、拊膺大恸，这，不是心情吗？

我伸手，自书架上取览作者的心情，借此平息生活中的不如意。在民族的、文化的炼火前，个人的挫伤与坎坷，简直渺小得可怜。

有人在图书馆里，面对浩瀚文海而感压力沉重，不胜负荷。我却能在巡礼一连串的书名之后，觉得感动与纯净。因为，我面对的是心情。

学校图书馆凭山而建，有一排大片的玻璃窗，可以眺望操场。隔条小溪，古老的中国建筑中，不时扮演着古老的、悲欢离合的故事。更远的地方是马路，是穿梭的车辆，是静止的房舍；叠叠青山，则是它的边缘。

为了查资料，终有一回，我留下来，直到落日以后。偶尔抬头，窗外燃烧似的天空，将远山上的一片白屋映得发亮。我迟疑地，走到窗边，看着彩霞一层层变幻色彩与光度。由橙转彤；由彤变紫……一转头，马路与住家的灯火，一盏一盏，莹莹地亮起来了。山的轮廓越来越不清晰，一连串的灯火，勾勒出人们的活动空间。黑夜悄悄地，无限制地在大地延伸。那份流动的美，因着未曾经历而颇感惊心。

身在其中，每每埋怨吵嘈、拥挤与肮脏。今夜脱离，孑然俯视，静观红尘，灯光尽责地燃亮；车辆谦卑地奔驰；每个屋顶下都共守着佳肴笑语……莫怪，莫怪织女也动了凡心。

这是图书馆中的另一种心情，对美的感受。

中央图书馆封馆了。说的人没什么表情，而一转脸，我真的觉得伤心。

封馆，其实是为了搬到一个更宽阔的、更新颖的、更现代化的新家去。但，我想，新馆纵使再好，我仍会想念那有着四面回廊的，朱红色的柱子，粉白墙壁的旧馆。

怎么能忘记呢？笼一袖荷香而来，必须走过一道雕栏石桥，才能到那扇大门前。桥下是池塘，塘中养着莲花，紫的、红的、粉的、白的。斜倚桥栏，投影水中的是莲花，是我因等待而光彩焕发的容颜。进得门来，中庭有一个水池与孔子立像。下雨的时候，水池的水会涨流出来。午后的一场雷雨中，我曾坐在楼梯上，透过开启的长窗，看着整个中庭溢满水，看着进进出出的人，必得在狭长的回廊中交错。后来，我的花裙子浸湿了一大片，却仍觉得开心，多好的风景啊！

也曾踩着石板地，和同伴讨论王维与钱谦益，一时与千秋，慨然殉死与忍辱偷生。在寒风细雨中，由意气风发而至吞声哽咽。我们选择这样一个试炼人性的问题来讨论，注定没有结果。而在潮湿的石板地上，不经意地，见到一簇簇新发的青草，穿破坚硬的泥土，透露早春消息。我飞跑到善本书室，拖出正在看微卷的同伴，把绿映入眼的小草指给她看。所有的疑惑，也许可从其中得到释析……我看着天地玄机，而她微笑，看着我的悲喜交集。

把夏天膨胀起来的蝉声，准备鼓噪了。以往，走出古典的大门，便是绿荫，是蝉鸣，是翻飞的荷裙。以后，蝉声远而车声近，唯有高踞架上的古人，与悠闲而至的自己，纷纷落落，互相检视，彼此的心情。

淡水列车

为什么喜欢淡水呢？朋友时常问。

我不知道呀！

也许，因为关渡大桥挂虹的雄姿；因为观音山静卧的肃穆；因为闲置的渔网、斑驳的渔船，标示着一段历史。那些筚路蓝缕的先民开发事迹，在潮起潮落中细细倾诉。淡水拥挤的旧街，殷殷地记载着繁华的曾经。

为什么喜欢淡水？

真的不知道。中学一年级，随老师爬观音山，天黑以后，我和三个同学被遗弃在山上。四顾无人，天地不应，一步步掉着眼泪走下山，所幸没有走岔了路。但，我很快地忘记恐惧，只记着坐在渡船上，低头看粼粼的波光。

再一次去淡水，则是十年以后。传说中，那河已变得腐臭、有毒，甚至还冒着泡泡。然而，那天天气真好，真正算得上是天光云影共徘徊。渡了河，在对岸一座老庙中休憩，凉风习习里，听朋友说故事。

“我们抽个签吧！”

我不抽，因为心中无欲无求，没有疑惑。

朋友掷筊杯，两片半月形的木头，总是答非所问，弄得手忙脚乱。

“你要诚心呀！”我在一旁，笑嘻嘻地嚷。

“我就是不能专心。”朋友弯腰捡拾，声音闷闷的。

我转身把自己隐在庙柱后头，仰脸看悬在庙顶的香，盘成一圈又一圈，静静地燃烧；香灰轻轻落下。宁谧中，只听见朋友撩拨签筒的声响，有规律地，哐啷、哐啷啷、哐啷、哐啷啷……我突然想哭，因为恐怕再不会有这样的一个午后。

为什么喜欢淡水？

因为每次去淡水，都是好天气！这能不能算理由？

报上发布了消息，说淡水列车将在七月份停驶。我和父母亲挑了梅雨季节中的晴天，特意站在月台上，等着搭火车，到淡水去。

车厢里，满是年轻人的喧嚣笑嚷，在前行的轨道上，互相推打。而我的父母端整容颜，把坐火车当一件重要的事。只有途经关渡的时候，母亲欣喜地指着窗外：

鹭鸶！（叫得出名字的）

鸟！（叫不出名字的）

水笔仔！（在电视上认得的）

一件件地指着，把我当成小小孩儿；而我一次次地向外张望，仿佛自己还很幼小。

父亲坐在较远的地方，被人隔开了，与我们遥遥相望。久了，便似睡非睡地垂下眼皮。

母亲说起二十八年前，父亲和她相恋，便常乘坐淡水列车，到淡水去找母亲……这是我第一次听这事，而不禁透彻明白。

为什么喜欢淡水？

原来，我生就带着传自父亲的、思慕淡水的情感与血液。一次次地去，只是自己也不明白地，重温一些美丽的回忆。

原来，人间诸事，细细推究，必有缘故。只要耐心地往上追溯、往回寻觅，必可以见到缘起处。

生命中的所有情结，真的只是一场无止境的轮回。而憧憬与愿望，维系着大大小小的情缘，使它们永不消逝，永不灭绝。

活着，像一支驼队 文 / 骆以军

我只能任令时间按它本来的速度贴着我们仨流过，
我无法加速或让它缓慢

孩子：五月和蔼的阳光让我写作时面对的这片大海显得亮炯炯但不是金光四射。潮汐已经平复，海水静静依偎在陆地上，几乎不起一丝涟漪或泡沫。近地平线的海面是一片鲜艳的紫色，点缀着等距的翠绿线条。地平线处的海水则是靛青色的。近岸的海水（从我的位置看过去，它们是被框在一些肉瘤般隆起的黄色岩石之中的）浅绿而清冽，倒映的阳光较少，但却不是透明的，只是半透明。这里是北方，即使灿烂的阳光也无法穿透海水表面……天空非常苍白，像是被铅笔画上淡淡的银线。近顶部的天空逐渐转蓝，予人以一种正在振动的感觉。但整个天空看起来是冷冰冰的，就连太阳看起来也是冷冰冰的。

这段文字是英国女作家艾瑞斯·梅铎的小说《大海，大海》的开头，此刻我抄写着它们，想象着自己正和许多年后的你说话，那种心情，真像是这两三年来，我独自一人到机场搭飞机，总像仪式般到大厅一个保险公司买一份限时二十四小时的保险，八百多块（很贵，但像赌徒下注），若是坠机，你们和你们的母亲便可获一千五百万的理赔。每回，最后飞机在颠簸震动和逆喷射的气爆声中降落松山机场，我总是额抵舷窗，同时浮现两种心情："没事了。平安回来了。"以及："唉，彩券杠龟了。"他们总在几天后寄来一张我的笔迹填写的（无效）保单。

一千五百万。受益人：你们的名字。赌注：我的名字。那样的心情。如果……真的……你们收到那笔奖金，那时我已不在场了。我只能用想象的：当你们目瞪口呆看着灾难扑头打下，那后面却还带着，我，一个父亲，和恶魔讨价还价后的，托它捎来的，某种想翼护你们的焦虑心思。

当然，在我写信的现下，我是"在场"的（且我希望神能多给我一些时间，给我年轻时默许的时间的两倍），我想让你们兄弟看见更多的画面，或是在同一画面里看见更多的元素。但我似乎力有未逮，你们两个小身体站在我身边，我只能任令时间按它本来的速度贴着我们仨流过，我无法加速或让它缓慢。我没有魔术可变，我无法在你们的梦境里动手脚。

一如信首我引的那段文字，那个海边场景，同样的时间（五月），那时我们真的置身其中。我们面前的大海完全就是那位女作家描写的那样。那时海浪像一群跳马兼叠罗汉的白色紧身衣体操选手，层层翻扑过来，你们尖叫哗笑地背着浪朝我跑来，然后跌倒，小身体在湿沙上滑动，最后撞在我如庞大海狮的中年肚腹上。那时我的身体是一个父亲的身体。它似乎被放大了。它控制住海浪推送你们的力道，把你们从浅湾中捞起。我和你们一同置身其中，像静止画面的，白色浪峰上的水上摩托车，沙滩上的、各式花色的比基尼，或一些“冷冰冰阳光”下的、男人女人的身体。我也许看到的比你们更多，更具构图之纵深。但最根本的差异是，我比你们恐惧，那眼前的平和安宁时刻所不能测的——我或许用“灾难”形容——但那么实体感冲击、扑打，使我手脚冰冷、畏惧、哀伤……那种种不能测的。

也许是因为你们启动了某个，密键在我内里的神秘动物本能。那和我年轻时所想象的“活着”的时间契约大大不同了：那变成一段漫长的旅程。因为你们会纯真无辜地问我（你们常把我当作一个玩伴，或是有时心不在焉的游戏首领）：“我们在哪？”“我们将要往哪去？”“还有更好玩的吗？”那使得“活”变成一支驼队。你爷爷已经倒下，在我的面前。此刻我成为这支驼队的领队者，我用我的身躯挡住你们，不让你们看见爷爷死亡这件事。我的双腿觳觫，眼前茫茫。

你们的爷爷，我的父亲曾告诉我：“你祖父一生爱重读书人。”（那似乎转喻成一种家训或传奇的口吻：所以记住，我们骆家，世世代代要敬重读书人。）那是什么意思？那似乎表示着，我们这一家，我们这一族，“不是读书人”？（如此“种姓制度”世袭身份？）你祖父说，我爷爷你太祖父是个生活艺术家，一个杀猪的，一个侠义而慷慨之人，一个赌鬼。我小时候，每年除夕，你祖父总要跟我重复一次“我们骆家”的家族故事：那不外乎是一些发生在农村里的赊赠猪肉给穷人，结果自己穷当了裤子之类的粗糙情节。有一些价值在其中："济弱扶贫""光棍""众人皆举大拇指说你祖父——仁厚"。像是在对着看不见的观众悲壮地唱戏。如今琢磨回想：那是否其实是一则"迁移者的故事"呢。

我祖父作为一迁移者（像《百年孤独》里的老布恩迪亚，他和兄弟被人设局，一夜之间赌博输光了全部祖产），从安徽迁往南京江心洲；我父亲你祖父作为一迁移者，他混身于1949年那上百万名迁移者中的一名。年轻时我厌腻那重播的叙事，后来我将之作为破绽简陋的小说材料。如今，我猜想：那后面有某些他们本来预期透过我，传递给你们的价值——可能是某种明哲保身的哲学；可能是在漂流途中下意识让自己较受人喜欢，让第二代活在比较不受人排挤环境的生物本能；可能是一种慷慨或同情心；也可能是相反的面对险恶的自我励志；我奶奶的话"狼走到哪里都是吃人肉，狗到哪里都是吃屎"——但那些讯息，那些附着在我父亲事故后面的价值，到了我，便传递故障了，它们晕乎、紊乱或像线路漏电一样把重要的消息给弄丢了。

我是和你们一起坐在电视机前看“嘟嘟米”“豆豆先生”这些卡通看得专注忘我。我没有“我的传奇故事”可以说给你们听。有些夜晚，你们和母亲挨挤熟睡在我们乡下的小屋，我则和我的创作者朋友们，在城市的PUB（酒吧）里抽烟放屁，我听着他们说着各种荒诞怪异的故事——在城市迷宫的一间一间豪华得像天方夜谭皇宫的汽车旅馆，和不同的陌生人上床，那种入夜后即变装出门，近距离身体试探、迂回对白、轻暴力、争夺支配权、扮戏……的性冒险——心里涌涨着亲爱之情。他们是我的同伴，我的同一代人，他们有一种从浮华年代长大而今年近四十，既天真又世故，面对权力或爱情的伤害，各种奇奇怪怪、温暖又自嘲的解消方式。他们交换着忧郁症的治疗小百科。他们戏称我是“比较胖、比较丑的夏绿蒂”（那是我这个年代一部当红美国影集里，几个女主角中最保守、拘谨、对性事充满中产阶级价值观但又对聆听同伴艳异故事最大惊小怪的其中一个）。

我该对你说这些吗？我的孩子。似乎因为有了你们，我以一种稀薄迷雾或是只以脚尖伸进激流的形式参与我眼前正在发生的这个世界。我几乎不再如年轻时用肉搏去换取经验了。我看见了什么？或是有一天当我不在了，你们会记得我陪在身旁的那段时光，你们看见了什么？

那就好像，我们父子一同坐在沙滩，骇望着远方天际线骤然升高成摩天大楼群一般的浪头。但下一个瞬间，我发现我们是坐在客厅沙发瞪着电视里的画面。那时我浑身发抖地站了起来。灾难何其遥远，却有什么巨大近乎神诅的力量劈头打下，把我们打回赤条条猿猴原形，只剩下恐怖与哀悯，那些沙滩上成列仆趴在破烂木材间的白色尸体，那些眉心点朱砂脸容像佛陀般标志的待领尸的印度孩童（**和熟睡时的你们何其相像**），那些跪伏在海滩恸哭的幸存者的脸，什么一列火车在海啸中翻覆瞬间罹难一千多名乘客。死亡人数的估报像久远传说的“金圆券”币额抵膨胀之物价，一日数变：一万、两万、七万、十万、十五万……

“那是什么？”我和你们一同站在那因为将一切画面掀翻拧揉，而无从再以一种印象画派细微颤索记录时间和光影的暴动之前，像核爆之瞬被烙印在石墙上的三个人形。那使得我和你们因年龄差而本应传递的经验——包括观察术、多中心主体的人情世故领会、爱或感性的能力、面对死亡的学习，或你们将要进入的某一种分门别类的对这世界的知识——皆失重或失去时间向度。剩下的竟然只能是宗教般的简洁话语。

很多年后（或应说“很多年前”），这样的一封，多余的信。

作者简介：

骆以军（生于 1967 年）

作家

出生于台湾省台北市，毕业于台湾文化大学中国文学系。

曾获联合文学巡回文艺营创作奖小说奖首奖、联合文学小说新人奖推荐奖、时报文学奖小说首奖等奖项。

著有短篇小说集《红字团》《妻梦狗》《我们》，长篇小说《第三个舞者》《远方》《西夏旅馆》，散文集《我爱罗》《脸之书》《胡人说书》等。

何不认真来悲伤 文 / 郭强生

面对过往的幸福，
对我而言，
远比回忆悲伤还更需要勇气

1

面对过往的幸福，对我而言，远比回忆悲伤还更需要勇气。

逼视曾让我受伤的记忆，至少证明我不再惧怕面对。就算偶有暗影反扑，也只像是遥望对岸的浓雾。

在悲伤的回忆中，我才能保持一种战斗的姿势，在空灭颓亡来临前。

幸福的记忆却让我感觉软弱，因为发现曾经自己对生命的流逝毫无警觉，总要等到成为记忆后才懂得，那就是快乐，而当下只道

是寻常。

中年后不敢多想那些无忧的过去。无忧源自无知，不知道烦恼有父母在顶着，不知道何为生老病死，不懂得无人共享的快乐，其实不算快乐……

也因此，快乐的回忆只能点到为止，否则就要惊动了失落与遗憾。

偏偏总有久远的往事偷渡登岸。

翻开了堆放积灰已久的相簿，企图捕捉那其实已很遥远的、我们曾经一起去拍的全家福照，那是种什么样的感觉。

那时，我们总是为了全家福照专门跑去照相馆。除了其中一张是因为哥嫂带着初生的女儿首次回台，连年近九十的外公都出动了，其他去照相馆拍照的动机背景我已一概模糊。

或许都只是临时起意也说不定。那总有个提议的人吧？如果要我猜，准是母亲。

母亲喜欢玩相机，或许说，她喜欢记录家人生活。台湾第一家彩色冲印照相馆到底是哪间？这些年出现各说各话的情形。但据母亲告诉我的，真正的第一家是早在 20 世纪 50 年代，一家叫“虹影”的照相馆。母亲是当时他们招考录取的第一位员工，担任会计工作。老相簿里还有摄影师为母亲拍的沙龙照。那时的母亲真是美。

继续翻阅相簿，发现都是母亲掌镜的时候居多。记忆中家里的第一台相机颇难操作，一个长方匣捧在胸前，从上往下看进匣里对焦，光圈速度全靠手调，只有母亲会用。家里其他三个男生爱笑那是老古董，该丢了。等到父亲接触到拍电影的工作，有天回家来告诉我们，剧照师都还是用这一款，说是比起后来的单眼，它的画质好太多，我们才知那相机是属于“专业用”的，从此对它刮目相看。

想必是我们的懒于学习操作，才会忽略了该让母亲多当模特儿而非总在掌镜。是不是因为这样，母亲才总会兴起去照相馆留影的念头呢？

不仅拍照总是母亲的工作，连全家旅游也向来是母亲在规划。

说起来，真正一家四口出游也就那一次，去日月潭。那年哥哥高一，我还在幼儿园。之后哥哥就再也没有跟我们一起旅行了。一家人留下了难得的户外合影，每一帧的场景时空我仍印象清晰。有一张是我们全翻滚在草坪上，将那台专业级相机调好自拍设定，并很有创意地倾斜放置，形成对角线的构图。而另一张是造访毛王爷时当地导游为我们拍的。除了哥哥坚持不肯外，我们全都穿戴起原住民的服装。关于那次旅游，更深的印象是我一路晕车呕吐，到了教师会馆已手脚僵冷。偏偏都没空房了，我们一家睡的是地下室的通铺。

想起来还是欢乐。绝无仅有的一次合家欢。之后在溪头垦丁花莲纽约费城华盛顿，总是三人行。

两个孩子都在海外的日子，没想到父母还是去照相馆拍过几帧二人合影。那时的母亲心里在想什么呢？

小学时第一次读到《蒋碧薇回忆录》，书里附图有许多是她第一任画家丈夫徐悲鸿为她画的肖像。便以为画家都爱为妻子或者家人画像。但父亲这辈子只为母亲画过两张油画像。更不用说，我和哥哥自然是没份的。母亲对此难免心有遗憾，却总另找借口表达不满：“一直希望你为我父亲画张像，人都死了你还是没动过笔！”

毕竟比起照片来，画像无疑更有纪念价值。至于母亲那两张画像，都是完成于新婚后。一幅画中她穿着水绿旗袍，但因台风泡水，油彩早已龟裂破损，却仍被母亲以玻璃框裱起挂在卧室。另一幅画的则是还留着少女马尾的她。

现在那张人像哪里去了？

我竟然这么多年都没注意到它已下落不明。

2

父亲盯着电视荧幕上的足球赛目不转睛，我坐在一旁的板凳上打量着他。一会儿后我也把视线移到了电视上逐球的一群小人，只是放空注目，为了打发掉父子像这样完全无言共处的时间。

已经六七年了，我们都早已习惯这种形式上的亲情。已经很久，对于彼此都存在着不撕破脸就好的应对方式。

我仿佛知道整件事是怎么发生的，却不愿接受。

一开始先是发现，与哥哥出席父亲的画展揭幕。怎么父亲只向众人介绍这位“在美国当工程师”的大儿子，对于他身旁当教授的另一个儿子却略过不提？又有一次，忘了为什么细故争执，扯到了他的一位学生，父亲竟然对我说出了“我跟他还更像父子”这样的话。

然后那年，发现八十五岁的他跟一个嫁到台湾来的外省女人交往，我一再提醒他那女人肯定没打什么好主意。父亲竟用轻蔑的口吻回我一句：

“这是我们‘男女之间’的事，你们这种人懂什么？”

四十四岁那年搬出了老家，把家让给了他与那个来路不明的女人。但仍不敢住得太远，毕竟在台湾父亲没有任何亲友，跟他“情同父子”的学生们，哪个不是拿到学位就不再出现了？

那时觉得父亲仍需要我，没有意识到其实是我更需要他。母亲已过世，而与我年纪相差十岁的唯一手足，从来也算不上亲近，我赖在父亲身边，怕离开太远，就会失去自己跟“家”这件事的最后联结。

一年多前父亲开始出现轻度失智的症状，每周日我回“家”一趟，陪他上上馆子。问他什么，得到的回答都是不知道，或不记得了，语气却很平静。有时我心中会暗自怀疑（或期望），他的不记得会不会是伪装的？很小的时候就已经有印象，母亲经常为他爱拈花惹草费神又伤心。惯爱偷吃的男人擅于伪装说谎与赖皮，也许老来可用来自我保护，让他不想见的人无法靠近。

因为缺少互动，究竟失智程度是在恶化，还是药物控制有帮助，我无法判断。问那女人父亲现在的情况如何，她总说好得很。直到过年时那女人回乡，我才发现她一直在盗领父亲的存款。

以前我从不过问父亲的财务，怕让已有心结的父子之间，徒增了更多的不信任。但我发现父亲名下已经没有任何定存的钱了。我还发现，那女人把失智症与高血压的药藏了起来，有两个月没给他服用。

决定跟那女人开战。

这回父亲完全不像失智，吼得雷军万钧："这就是我要的生活，你是什么人敢来干涉我的生活？"

他并非失智到认不得我是谁，但我恍然惊觉，亲情与家人对他而言，会不会只是他人生中曾经走岔的一段路？也许，要求每个人都心甘情愿被亲情绑缚一辈子，那也是不人性的？

3

母亲过世第二年，有次我与好友餐聚，散会前她像忆起了什么趣闻似的，转身小声跟我说：“我一直忘了告诉你，你那时候还没回来任教，有一天我很意外接到你妈妈的电话，她跟我说，她很不快乐。”

我当下感觉像被突然宣判，我的母亲不是死于癌症，而是因为我的疏忽意外致死。“你怎么到现在才跟我说这件事？”我激动得浑身发抖。

对方无辜地眨着眼睛说她忘了。在那之前，我并非不知母亲不快乐，只是没想到，她有那么不快乐，不快乐到会打电话给我的朋友，以为她一定会把她的心声传到我耳里。

记忆中。母亲那时偶尔会在奇怪的时间打越洋电话来。台北时间清晨四五点，我问她怎么不睡觉，她说睡不着。母亲说话总是嗓门很大，只有那几通电话上，我听到她细弱如小女孩的声音。

我只能安慰她别胡思乱想。

我考上大学那年母亲第一次罹癌，身体一下子垮了，体重从以前的五十五公斤，到后来十几年始终只剩三十九公斤不到的皮包骨，她一直都在抗病的抑郁低潮里，难得见她真正开心的时候。

除了我将启程返回任教的几天前，她打来的那通电话。她那次心情极好，对着答录机说个不停。念完了当天报纸的头条新闻，还是等不到人的母亲最后干脆对着机器唱了一首歌：我有一帘幽梦，不知与谁能共……

然而我终究没能接到那通电话。

答录机中的卡带被我取下，装进行李，但是还没等到有那个心情放来重听，母亲就在我回来的次年病逝。

一直记着那留言的存在，却也不敢再碰。

这些年我一直会幻想着。如果接到电话，跟母亲可能会有怎样的对话。会不会发现也许跟在听答录机时一样，除了想哭，不知道该说些什么？

我已太习惯面对那个不快乐的母亲，偶尔开心的她反越教我悲从中来。

回台湾前我原本是这么打算的，至少也回来住个一两年，不能像哥哥去美国后，三十几年来都只是过境般回来吃几次饭就走人。连接父母去他美国的家中小住，也一次都没有过。

回台湾却成了送母亲最后一程。第二次癌症来得意外且凶猛，从扩散到往生，前后五个月不到。

4

最后一个母亲节，与母亲多年不和的哥哥从美国来电话，我暗示他有空回来一趟，妈妈身体很不好。

他说他工作很忙。

晚了怕来不及了，我说完便挂了电话。

哥哥去美国三十多年，在美国成家定居，和我们这个家甚是疏离，见面次数屈指可数。还有好几次，忘了究竟是为了什么事，最后竟是以不欢而散收场。从母亲确诊癌细胞扩散，她便一再叮嘱，别把她生病的事跟哥哥说。等医院发出母亲病危通知，我不得不跟他说了实话。没想到他还是说他很忙。次日他拨电话到病房，我劈头就问，机票订到了吗？他说还没去订，我气得大骂："那你打电话来干吗？"

没赶上最后一面，他却在告别式前夕说出了教我非常吃惊的话："妈妈是被老爸磨死的。老爸当年为什么要回来？他不在的时候，老妈过得很好，他一回来把老妈的生活全毁了……不过，如果老爸没回来，也就没有你了。"

如果我没有出生，是否会让原来的三人免于后半生的怨怼继续共同生活？我的父母是不是犯下了为挽救家庭婚姻最常见的不智之举？

只能猜测。

母亲对哥哥隐瞒病情，难道因为她太了解自己的儿子，知道他是不会赶回来的？一旦说了，就会有期待，到时等无人影，情何以堪？

像中途被写进连续剧里的角色，我晚了十年加入了一个不快乐的家庭，却对后来的剧情发展，完全无能为力。

母亲走了，父亲老弱了，哥哥与这个家的距离早就很远了。只剩下我还在努力拼凑着，许多仍然断裂的剧情。

（本文章经远见天下文化出版股份有限公司授权使用）

作者简介：

郭强生（生于 1964 年）

作家

出生于台湾省台北市，台湾大学外文系毕业，其主要创作除小说之外还有大量戏剧作品。

曾任东华大学英美语文学系教授，现为台北教育大学语文与创作学系教授，并主持 IC 之音“文学居酒屋”。

著有长篇小说《惑乡之人》《断代》，戏剧《非关男女》《给我一颗星星》《KTV 不打烊》，散文集《就是舍不得》《何不认真来悲伤》《我将前往的远方》等。

第九味 文 / 徐国能

如今我重新拾起书本，
觉得天地间充满了学问，
一啄一饮都是一种宽慰

我的父亲常说：“吃是为己，穿是为人。”这话有时想来的确有些意思，吃在肚里长在身上，自是一点肥不了别人，但穿在身上，漂亮一番，往往取悦了别人。我一度以为这是父亲的人生体会，后来才知道，这是我们“健乐园”大厨曾先生的口头禅。

曾先生矮，但矮得精神，头发已略显花白而眼角无一丝皱纹，从来也看不出他有多大岁数。我从未见过曾先生穿戴一般厨师的围裙和高帽，天热时他只穿一件麻纱水青斜衫，冬寒时经常是月白长袍，干干净净，不染一般膳房的油腻肮脏。不认识他的人看他一脸清癯，眉眼间又总带着一股凛然之色，恐怕以为他是个出世的画家诗人之类，或是笑傲世事的学者教授之流。

曾先生从不动手做菜，只吃菜，即使再忙，他都是一派闲气地坐在柜台后读他的《“中央”日报》。据说他酷爱出身满族贵胄的美食家唐鲁孙先生的文章，虽然门派不同，但曾先生说：“天下的吃到底都是一个样，不过是一根舌头九样味。”那时我年方十岁，不喜读书，常在厨房窜进窜出，我只知酸甜苦辣咸涩腥冲八味，至于第九味，曾先生说：“小子你才几岁，就想尝遍天下，滚你的蛋去。”据父亲说，曾先生是花了大价钱请了人物套交情才聘来的，否则当时“健乐园”怎能高过“新爱群”一个等级呢？但花钱请人来光吃而不做事，我怎么看都是不合算的。

我从小命好，有得吃。

母亲的手艺绝佳，而父亲在买菜、切菜、炒菜、调味上颇有功夫，一片冬瓜硬是切得像量角器般精准。父亲虽有一手绝艺，但每每感叹他只是个二厨的料，真正的大厨只有曾先生。

稍具规模的餐厅都有大厨，有些名气大的厨师身兼数家的大厨，谓之“通灶”。曾先生不是“通灶”，但绝不表示他名气不大。“健乐园”的席分数种价位，凡是挂曾先生排席的，往往要贵上许多。外行人以为曾先生排席就是请曾先生亲自设计一桌从冷盘到甜汤的筵席，其实大错。谁来排席菜品其实都是差不多的，差别只在上菜前曾先生是不是亲口尝过。我见曾先生从来都是一尝即可，从来没有打过回票，有时甚至只是看一眼就通过，有人以为这只是个形式或排场而已，这当然又是外行话了。

要知道，在厨房混久了的师傅，大多喜欢克扣菜品，中饱私囊，或是变些“魔术”，譬如鲍鱼海参鱼翅之类，成色不同自有些价差，即使冬菇笋片大蒜，也是失之毫厘差之千里。而大厨的功用就在于此，他是一个餐厅信誉的保证，有大厨排席的菜品，厨师们便不敢装神弄鬼。大厨的舌头是老天赏来人间享口福的，禁不起一点假，你不要想蒙混过关，味精充鸡汤，稍经察觉，即使你是有证书的厨师也很难再立足厨界，从此江湖上便没了这号人物。有这层顾忌，曾先生的席便没人敢耍滑头，自是稳当。

曾先生和我有缘，这是掌勺的赵胖子说的。每回放学，我必往餐厅去逛，将书包一丢，闪进厨房找吃的。这时的曾先生多半在看《“中央”日报》，手边经常放着一杯高粱酒，早年“白金龙”算是好酒，曾先生的酒是自己带的，他从不开餐厅的酒。

赵胖子喜欢叫曾先生“师父”，但曾先生从没搭理过。曾先生特爱给我讲故事，说南道北，尤其半醉之际。曾先生嗜辣，说这是百味之王，正因为是王者之味，所以他味不易亲近。有些菜酸甜咸涩交杂，曾先生谓之“风尘味”，没有意思。辣之于味最高最纯，不与他味相混，是王者气象，有君子自重之道在其中。曾先生说用辣宜猛，否则便是昏君庸主，人人可欺，国焉有不亡之理？而甜则是后妃之味，最解辣，最宜人，如秋月春风。但用甜则尚淡，才是淑女之德，过腻之甜最令人反感，是露骨的谄媚。曾先生常对我讲这些，我似懂非懂，父亲则抄抄写写地勤做笔记。

有一次，父亲问起咸辣两味之理，曾先生说道：“咸最俗而苦最高，常人曰不可无咸但苦不可兼咸，况且苦味要等众味散尽方才知觉，是味之隐逸者，如晚秋之菊、冬雪之梅；而咸则最易化舌，入口便觉，看似最寻常不过，但很奇怪，咸到极致反而是苦，所以寻常之中，往往有最不寻常之处，就看你怎么尝它，怎么用它。”曾先生从不阻止父亲做笔记，但他常说：“烹调之道要自出机杼，得于心而忘于形，记记笔记不过是纸上的功夫，与真正的吃是不可同日而语的。”

“健乐园”倒闭于1981年，从此我们家再没人谈起吃的事，似乎有点儿感伤。

说来，“健乐园”的倒闭与曾先生有很密切的关系。

曾先生好赌，有时一连几天不见人影，有人说他去豪赌，有人说他去躲债，但谁也不知道究竟去了哪里，经常急死大家。赵胖子多次私下建议父亲，曾先生似乎不大可靠，不如另请高明，但总被父亲一句“刀三火五吃一生”给回绝，意谓“刀工三年或可以成，而火候的精准掌握则需时间稍长，但真正能吃出真味，非用一辈子去追求，不是随便遇得上的”。

据父亲回忆，那回罗将军嫁女儿，“健乐园”与“新爱群”都想接下这笔生意，结果罗将军卖曾先生一个面子，点了曾先生排的席，有百桌之余，这在当时算是桩大生意。父亲与赵胖子摩拳擦掌准备了一番，曾先生当晚却不见了人影。一阵鸡飞狗跳，本来父亲要退罗将军的钱，但赵胖子硬说不可，一来没有大厨排席的酒筵对罗将军面子上不好看，二来这笔钱数目实在不小，对当时已是危机重重的“健乐园”来说是救命仙丹。赵胖子发誓一定好好做，不会有差池。

这赵胖子莫看他一脸肥相，论厨艺却是博大精深，他纵横厨界也有二三十年了，是独当一面的人物。那天看他挥汗如雨，如八臂金刚将铲、勺使得风雨不透。本来宴会进行得十分顺利，一道道菜如流水般地上，就在最后关头，罗将军半醺之际拿起酒杯，要敬曾先生一杯，场面一时僵住。事情揭穿后，罗将军铁青着脸，“哐啷”一声扔下酒杯，不欢而散。以后几个月，“健乐园”都没再接到大生意，负债累累下终于宣布倒闭。

从那晚起曾先生再也没有出现过。

长大后我问父亲关于曾先生的事，父亲说曾先生是湘乡人，似乎是曾国藩的远亲，与我们算是小同乡。父亲说，要真正吃过点好东西，才有当火厨的命，曾先生大约是有些背景的。父亲又说：“曾先生这种人，吃尽了天地精华，往往没有好下场，不是带着病根，就是有一门恶习。”其实这些年来，父亲一直知道曾先生在躲道上兄弟的债，没过过一天好日子，所以父亲说：“平凡人有其平凡的乐趣，自有其甘醇的真味。”

时光流逝，从学校毕业后，我被分配至澎湖当装甲兵。在军中我沉默寡言，朋友极少，放假又无亲戚家可去，往往一个人在街上乱逛。有一回在文化中心看完了书报杂志，打算好好吃一顿，便转入附近的巷子，一爿低矮的小店门面上歪歪斜斜地写着“九味牛肉面”。我心中一动，进到店中，简陋的陈设与极少的几种吃食选择，不禁使我有些失望。一个中年女人帮我点单后，自顾自地忙了起来，我这才发现昏暗的店中还有一桌有人，一个秃头的老人沉浸在电视新闻的巨大声音中。好熟悉的背影，尤其桌上还有一份《“中央”日报》……“曾先生！”我大声唤了几次，他都没有回头。“我们老板姓吴。”中年女人端面过来的时候说。

“不，我姓曾。”曾先生这时走了过来在我面前坐下。

我们聊起了许多往事。曾先生依然精神，但眼角已有一些落寞与沧桑之感，满身厨房的气味，磨破的袖口油渍斑斑。

我们谈到了吃，曾先生说：“一般人好吃，但大多食不知味，要能粗辨味者，始可言吃，但真正能入味之人，又不在乎吃了，像那些大和尚，一杯水也能喝出许多道理来。”我指着招牌问他“九味”的意思，曾先生说：“辣甜咸苦是四主味，属正；酸涩腥冲是四宾味，属偏。偏不能胜正而宾不能夺主，主菜必以正味出之，而小菜则多偏味，是以好的筵席应以正奇相生而始，以正奇相克而终……”忽然，我仿佛又回到了“健乐园”的厨房，满鼻子菜香酒香，爆肉的“噼啪”声，切菜的“笃笃”声，赵胖子在一旁暗笑，而父亲正勤做笔记。我无端想起了“健乐园”穿堂口的一幅字：“乐游古园森森爽，炯绵碧草萋萋长；公子华筵势最高，秦川对酒平如掌。”

那逝去的像流水，像云烟，多少繁华的盛宴聚了又散，散了又聚，多少人和事在其中，而没有一样是留得住的。曾先生谈兴极好，而我们的眼中都有了泪光……

之后几个星期部队忙着装备检查，没检查，再次去找曾先生时，小店门上贴了“今日休息”的红纸。我知道我再也找不到他了，心中不免惘然。有时想想，那会是一个梦吗？我对父亲说起这件事，父亲并没有讶异的表情，只是淡淡地说：“劳碌一生，没人的时候急死，有人的时候忙死……”我不懂这话在说什么。

如今我重新拾起书本，觉得天地间充满了学问，一啄一饮都是一种宽慰。曾先生一直没有告诉我那第九味的真义究竟是什么，也许是连他自己也不清楚；也许是因为他相信，我很快就会明白。

作者简介：

徐国能（生于 1973 年）

作家

台湾省台北市人，东海大学中文系文学硕士学位，台湾师范大学文学博士学位。兴趣广泛，喜欢阅读与写作，创作新、旧诗与散文。

曾获时报文学散文奖、联合报文学奖散文大奖等，现任教于台湾师范大学国文系。

著有散文集《第九味》《煮字为药》《绿樱桃》《写在课本留白处》等。

没有的生活 文 / 言叔夏

在这个城市里，
有多少人和我一样过着这种“没有”的富有生活呢？

记不得那清晨入睡、午后转醒的日子，究竟是从我年轻时代的什么时候开始养起的。像养大一个孩子那样地，白昼的日子渐渐矮小，夜晚慢慢长高。直到后来，照镜子的时候，我就忽然有了一个脸面漆黑的孩子，阴影般地黏附在我的面孔上。像是夜晚的胎记。那奇怪的恶习起源，如今是怎样也想不起来了，只记得闲散无课的大四时代，我几乎是把一整年的白天给大肆睡掉的。这个恶习持续到了研究所时代，至今仍跟随着我，使我在亮晃晃的白日底下走路，都感觉背负着一团黑色的影子。有段时间我背着这团黑小人到事务所去，工作，排队，办事。感觉五脏六腑都疼痛了起来。

别人并不知道你背上的这团黑影子，只当是这个城市惯常阴霾的天气。谁也不在意谁的心绪。可是那黑小人烟雾一样地阻隔在你与他人的话语之间，遂使那话语声响底下的意义，都三角铁的尾音般地分岔了。白日里的世界持续运转，并不会因为你的作息而调整。于是我的挂号信件被耽误，且永远无法在邮局开张的时间去领取，工作电话始终接不到，下午茶失约（日久遂渐渐没人在这时间约你出来谈事吃食），醒来时图书馆常已趋近关门。夜晚我像小偷一样地搬运那一捆又一捆逾期的书到图书馆去，一本一本地将它们喂给还书箱吃。因为每日都是由每个半日组成，我老是搞不清楚怎么理解“今天”这个词汇。午夜十二点过后，究竟该算在今天还是明天的账上？于是在深夜回复那些信件匣里耽误的邮件，键盘敲打到“今天”这个词时，总有一种忽然陷掉进日子夹层的迷宫之感。

蛰居河边的老旧公寓时，这样的恶习达到了极致。学位论文写到搁浅。我日日坐在阳台对河发呆，唱歌，想念一些遥远的人，为着不着边际的事物哭泣。今天与明天的交界模糊，轻易地就被午夜给跨越了。那时我最常拜访的是桥边的便利商店。有三个圆脸蛋的胖店员总是轮流值着午夜的夜班。因为长相的缘故，我总分不清她们其中的任何一个人。因那木栅深处的深夜里什么吃食也没有，那便利商店架上的便当与面包便被我一季吃过了好几轮。我那长时间未修剪的一头乱发扎成一条凌乱的马尾，戴深黑色大近视眼镜，拖一双陈年破烂老勃肯鞋，出得门去，在凌晨三点的斑马线上旋转着过马路。感觉一种践踏，同时又在践踏里感到一种挥霍的自由。

那样的自由是无可言喻的。是双脚稳稳踩踏在一条安静的路上，倾听鞋尖踩踏着整路哐啷哐啷碎石子声响的自由。不是人生里任一由金钱、学业、工作与飞行里程航数堆积起来的数字所能比拟。没有信件。没有旅行。没有多余的话语与交谈。只有日复一日流淌过阳台下的河流，在夏季台风来时倏忽地暴涨，在冬日里干涸。

日子久了我渐渐理解这样的生活其实无异于盆栽。没有长大的野心，也没有换盆的愿望。在一般人眼底，它甚至显得乏善可陈，没有过多关于文学的浪漫想象。因为过短的白日生活，我几乎不上咖啡馆，不去书店与电影院，不在房子以外的任何一处读书写作。离写作最近的大概是放空，大量的放空，在漫长的白日里我把自己放置成一个空空的容器，什么东西都装得进来，却什么东西也都没有装盛。那样的生活是由大量的“没有”所堆栈出来的。而因为这许多的“没有”，我从来没有像那时那样真正地感觉过自己的富有。

在这个城市里，有多少人和我一样过着这种“没有”的富有生活呢？我想起住在那老旧公寓时的一个女学生邻居，很少出门，戴着圆圆的近视眼镜，很是文静的样子。那个房间在我租赁下这里时曾经被房东带进去看过，是一个没有窗户的密闭空间。她搬进去以后没有多久，我老是在深夜的走廊上，看到她的门口摆放着喝完的水果酒空罐。那个罐子的摆法非常含蓄，像手指紧紧并拢地贴在墙角，而且从没有摆放超过一罐过。那不是为了悲伤或烦闷而喝的酒。那是一日一瓶，像盆栽植物那样浇灌自己的水酒。

这样“没有的生活”，在告别了学生时代、进入白日的工作以后，被很物理性地转换成另一种形式。博士班的最后几年，因为工作的缘故，我搬离了那河边的老公寓，移居到城中的另一座楼。那楼在喧闹的捷运站旁，两侧皆是俨然的写字楼。只有一幢两层楼的破旧屋子，极不搭嘎地坐落在大楼与大楼的中间。那屋子的骑楼有一棵年老而巨大的树，长进了骑楼天花板的屋里，在屋顶窜冒出树冠来，像极了那屋子头上戴的一顶假发，被四周的公寓大楼环视着。屋子的一楼其实是一家寻常便当店。午后便当屋的铁门拉下半掩休眠，像把整家店都收进了那树的肚子里。

有一日的傍晚散步途中，途经那旁侧的大楼，底下聚拢了人群。还有几台电视台的采访车。几日以后我才在深夜重播的电视新闻里，看到了熟悉的街景，还有便当店夫妇哭泣的脸。是他们亲近的谁的孩子从附近的大楼失足掉了下去了吧。是一个夹杂在一日的各种灾难之中，很快地就被冲洗掉的微小事件。我感到在那一两分钟的新闻播报里，有些什么曾经离我非常靠近，却明确地知道它早已真切地是十分遥远了。我想起有段时间那便当屋确实默默地关上了几天。在白晃晃的夏日艳阳底下，远处传来修路工程的喀啦喀啦声响。空气里有新铺的柏油气味。我踩踏着一条日复一日的黄昏巷道，去买回重复而无聊的吃食。像一只猫舔毛般地将那些食物缓慢地吃完。整理自己分叉的毛发。

那是他人之死。他人的日常。他人持续的人生。如同我的。然后，在某年的夏天结束以后，我就搬离了那座楼，带着我那其实一无所有的老旧家具，不来梅吹笛手般地到另一个城市去了。像一个注定要被这城市每日新长出的植被所覆没的故事，包括我曾以为我在这里活过的证明。没有什么被留下。什么也没有。

可以相见，也可以不用再相见 文 / 凌性杰

对某些人而言，
此生可以不用再相见，
或许就是最善好的祝福

每年寒暑假，总有约不完的同学会。不管是自己求学时的同侪邀聚，或是历届导师班学生的筹划，这些邀约可以把人暂时带离日常步调，是颇为舒压的社交活动。跟老朋友、学生见见面吃吃饭，聊聊各自的生活，觥筹交错之际将往昔的糗事拿来下酒，也可以适时消除疲劳与苦闷。离开校园学生生活之后，过日子变得有点艰辛，精神与体力耗损得厉害，人生的责任越来越多，哀伤越来越长。再怎么努力宝惜，人与人之间的相遇，甜美时光一闪即逝，目一瞬就过去了。

分别之后期待再相聚，正因为那些校名与班号是有特殊意义的。离开被赋予特殊标记的团体空间之后，犹然眷念不已，实乃人之常

情。于是，回到某种群体意识，就变得很疗愈，很可以抚慰心情了。参加过不少次同学会，大多能享受单纯干净的友谊。总说“世间好物不坚牢，彩云易散琉璃脆”，越是小心护翼的，越是一碰就碎。

美好事物难免也有变质的时候，像保存不当的酒汁一不小心就酸臭发馊，又或者像故障的导航把我们带向错误的地方。好几回在毕业典礼的导师时间叮咛我的小伙伴们，愿友谊长存，欢迎常相聚，但是千万要避免在同学会上做这三件事：做直销、拉保险、跟老师同学借钱。先把界限讲清楚，或许是在帮情感添加防腐剂，尽可能让它不要变坏而已。若要追寻更积极的意义，可能是让彼此潇洒些，不黏附不耽溺，“醒时同交欢，醉后各分散”，这样自由自在最好。

离久自然情疏，用怎样的方式再相聚，也许是个难题。

我曾经听同事说起，在校园相处的时日，总会对某些孩子付出特别多的关心与照顾，花最多时间陪伴那些受苦的灵魂。从事教职这种助人的志业，他在学生最紧急的时刻出现，伸出援手改写彷徨无措的生命故事。然而，然而，那些受荫最多的小孩，毕业之后很容易就不知所踪，再也不问恩义。

也曾听一个同龄朋友提及，离开高中校园二十多年，颇想念南海学园照顾过他的恩师，母校明明就与自己上班处距离不远，可是怎么也踏不出脚步返校拜访。他说，少年同学现下大多裘马轻肥，而自己只有一份约聘职，实在无颜与曩昔师长相见。我告诉他，这是多虑了。不管学生的成就如何，风光或是落魄，那些人生业绩都不是老师会在意的。我的建议是，想见的人尽管去见，顺便清理一下内心累积多年的障碍。后来他还是畏缩了，那也无妨，畏缩不见得是坏事。如果畏缩可以使生活多一层保护网，就让那层网安顿好自己，直到自己可以毋须再畏缩。

若是可能，我也希望男孩 K 真正卸除痛苦之前不用再跟我见面。

太年轻的时候当老师，徒有热情与精力，然而缺少生命历练以致无法豁达通透。看到自己的学生承受痛苦，常常恨不得以身相代，忘了生命会自行寻找出路。年轻往往气盛，喜欢过度膨胀自己，以为可以救人于水火。遇见男孩 K 的时候，正是我最傻最天真的生手阶段。有一天中午，学生急忙来找我，说 K 心情沮丧在四楼徘徊，很有可能跳下去。我一听大惊，直接赶到现场。K 站在走廊花架旁边，早已泣不成声。我把其他人支开，让 K 好好地哭，然后带他去吃饭。

我猜 K 的心生病了，他的家人也是。现象很简单，成因却是盘根错节。男孩路上的这群人，向来高傲惯了，本来就不太容易交心。他们喜欢把懊悔痛苦埋藏在洞穴里，害怕别人知道。一旦防护机制崩溃瓦解，便很难修复了。K 长得俊秀，有艺术天分，人缘极好。只是，他很在意同侪对他的评价，在谈恋爱的时候一直克服不了分离焦虑。我知道，他所营造的完美形象背后，藏着无法说出口的难堪。那难堪，跟原生家庭有关。K 的母亲来找我，说我是 K 生命中最信任的人，要我帮助 K 重整生活，把落后的功课救回来，也把自信找回来。那段时日，我很害怕看到 K 以及他的母亲。他们眼神中有同样的东西，我说不上来是什么。只觉得像是被主人遗弃多时的、远远望着人的流浪狗。缘于过度泛滥的同情，我给 K 各种实质的协助，建议他先拯救自己，然后再进行家族治疗。满心期待可以帮助一个家庭的我，实则是太过高估自己。那时想也想不透，为什么 K 的母亲在我面前万般请托，背后却又一直攻讦我。而攻击我的那些话语，都是 K 转述让我知道的。

这个家庭里所有的悲伤都被我知道了。我不知道的却是，这个家的成员还没准备好把这些事透露给外人知道。一旦暴露，就再也无法遮掩躲藏了，就再也无法维持表面的宁静了。

一个介入过深的外人，被讨厌只是刚好而已。

不论如何，我始终明白，K 是相信我的，也是心存感激的。正因为相信，他保留了最难堪的面目，从来不让我知道。事实证明，他只能带着自己残缺破损的心，继续往前走。K 早已踏入社会，毕业之后没再找过我，也没参加过任何一场同学会。他刻意跟青春时期的朋友断绝联络，投入了新的社交圈。道理很简单，只要跟那段时间认识的人相遇，当时的痛苦记忆也就不请自来了。可以好好过日子已经不容易了，何必再自讨苦吃呢？见与不见，才不是人生的重点。

如果来年 K 能将往事付诸笑谈，那时再相逢或许很好。如果不能，此生不用再相见，那也没关系。真正的祝福，不见得要当面说出口。千山万水阻绝而能心领神会，倒也还不错。

朱赛佩·托纳多雷（Giuseppe Tornatore）经典之作《新天堂乐园》

里，以男性成长为叙述主轴，其中安排了智慧老人艾费多和男孩多多的互动，构成整部电影最动人的画面。多多从小失去父亲，艾费多于是成为小男孩心中父亲角色的替代。小男孩对父亲的模仿、崇拜，都投射在艾费多身上。艾费多是小镇电影院的放映师，多多常黏着他，以好奇的眼光看待成年人的世界。在宗教压力下，电影里的吻戏镜头悉数被剪掉，禁忌引发好奇，多多一直渴望得到那些被艾费多剪下的电影胶卷。艾费多承诺，等多多长大就会送给他。这一老一少处在狭小的放映室里，将目光投注于电影画面，他们看着同样的世界，却对人生有不同的认知。艾费多失明之后，多多顶替他的职位，接手放映电影的工作。当多多为情所困，艾费多说了一段公主与士兵的故事——

从前从前，有一个国王为心爱的女儿举办宴会。有一个卫兵见到美丽的公主，便一见钟情，坠入情网。终于有一天，士兵鼓起勇气向公主表白。公主告诉士兵，你如果连续一百个昼夜，不眠不休地守在我的阳台下，我就接受你的感情。于是，士兵依约伫候在公主的阳台下，一天一天过去……阳光曝晒，刮风下雨他都不走，小鸟在他身上歇脚，蜜蜂螫他，他仍旧寸步不移。他变得苍白虚弱，双眼不听使唤，流下眼泪来。然而到了第九十九个夜晚，士兵起身，搬起椅子走了。

多多追问士兵为什么离开，艾费多说他也不知道，要多多自己去想。几经磨炼之后，多多对这段故事有了自己的诠释："我终于知道士兵为什么放弃了。要是等到了第一百天，公主却毁约，士兵会心碎而死的。所以他在前一个晚上离开，好让公主永远记得他。"离开或留下来，向来是人生的重要命题。决定了要往哪里去，意味着那个决定同时排除了其他选择的可能。男儿志在四方，艾费多建议多多离乡出外发展："多多，不要在这里待着。时间久了，你会认为这里就是世界的中心。"多多即将离开小镇之时，艾费多告诉他："我不要听你说话，我要听别人谈论你。"离乡三十多年，多多扬名立万，早已成为国际知名导演，这段时间从未回到故乡。直到艾费多过世，多多才第一次返乡。

每次看《新天堂乐园》，总是热泪盈眶。无法被成全的爱情，固然使人伤感。追忆里的悔愧，才最是令人黯然。成长是什么？成长是带着自己的幸与不幸、荣耀与伤口，一步一步往前走。成长是，在该说再见的时候说再见，该回首的时候回首。成长是，终于能够说，我经历了，我记住了，我也明白了。

因为明白了，于是自适坦然，不再频频挂碍。对某些人而言，此生可以不用再相见，或许就是最善好的祝福。

CHAPTER 3 • 脚印

时间是一条永不回头的河

生命是一小块、一小块的平凡碎布缓慢缝补而成，可以当棉被，温暖肉体，我们被覆盖于天地间，睡眠，摩擦恋人的絮语，或者死亡。

谎 文 / 吴妮民

“如果真有这么一天，”
母亲把深埋着的脸抬起来，
认真地说，
“你必须对我说谎。”

如果编织着世界的有经与纬，那么，这二维或许会是诚与谎吧。

母亲告诫我，不许说谎。她锐利的眼神直视着我，穿过我的瞳孔，到达脑底深处。我想，童年的我说谎时脸色大概非常僵硬，而且语音也有异吧，否则母亲怎会知道我又偷溜出去？小学半天班，身为钥匙儿童的我常待不住，父母皆不在的下午，我会捏着零用钱跑去小区内的电影院、超市或文具行——因为安全上的顾虑，这并不被允许。还记得某天下了场滂沱大雨，母亲一回家，还没问话便察知我出门了，我被劈头骂得又惊又疑。

后来才晓得，原来我的鞋子在雨里踢起了泥花，溅在后方裤脚，斑斑痕痕，都成了呈堂证据。

我知道了。以后，要做就做得更周全一点。

周全是实中有虚，虚中有实，虚实相连才是说谎的上乘，虽然众人皆看谎话不道德，它多少像温润的黏合剂，挤一点，抹一抹，好像就可以把理应聚合在一起的诸事诸物都巩固得更牢靠些；抽掉谎的世界，老老实实，然不知为何，老实过头的东西都棱角分明，似乎有点生硬难吞了。可是，可是说谎是需要练习的呀，我的神色，我的语调，没有一个是不经练习就能自然而漂亮的。练习说谎？这在正派的大人们听起来太不顺耳了，但有些话实在不能称为谎。后来才发现，如若双方都心知肚明着正在讲的并非实话，那便不叫谎，得改叫“客套”了：哎呀你好年轻。哎呀你好漂亮。哎呀你儿女都好有出息，又孝顺。

母亲，也并不诚实啊。阿嬷罹病直至过世那两年，母亲始终未告知阿嬷，其实她得的是淋巴癌。我不知道照顾阿嬷最久的母亲都是怎么回答及劝慰她的，其间多次出入急诊、病房，要做这么多的检查和治疗，会有人不了解自己的身体、不明白自己生重病吗？彼时我比现在年轻几岁，仗着一股学生式的天真与愤愤不平，我质问母亲：“妈，你怎么可以蒙蔽阿嬷，病人有知情的权利，换成是你，你难道不想知道自己得了什么病？”

“不，我一点都不想知道，如果真有这么一天，”母亲把深埋着的脸抬起来，认真地说，“你必须对我说谎。”

作者简介：

吴妮民（生于1981年）

作家、医生

台湾省台北市人。

曾获林荣三文学奖、时报文学奖、梁实秋文学奖等，现任医师。

著有散文集《私房药》及《暮至台北车停未》。

老 文 / 李进文

原来年轻的火，
是用年老的寒冷来燃烧的啊

我的阿嬷和太太的外婆一样都九十几岁了，各有九个和七个儿女。她们除了承认有一两个儿女葬在某条皱纹里的荒径，此外，几乎深信其他的孩子都仍健在。也许很多年前，还没这么老的时候，曾经怀疑过，但面对死亡这件事，她们已经身体力行了，还需要印证什么？用记忆去掘亲情的墓穴，又何苦。

我们不是故意要欺骗，而是让她们知道了也无济于事。人生老到尽头了，还需要搞清楚什么？她们全力面对肉体的病痛，多余的精力用来回忆过去或刚才的琐事，而这些琐事也慢慢在消退中。

真奇怪，人老了，反而热爱絮叨别人的生活，却忽略自己怎么活。阿嬷数落他人琐事的神情仿若有光，一下子青春二十年。或许关心别人比较没有负担，一关心起自己，烦恼就纷至沓来。阿嬷无力对抗生老病死，既然命定只好避开，改以飞沫掴往事，重拾消失的生命力。

阿嬷越来越少走动了。老人斑伺机布阵如大队兵卒，就等时间一声令下，攻占贪婪的躯体，以青春和梦为战利品。老，将变得更老，势不可当。

阿嬷的儿女没有一个称得上社会精英，大批孙子如我者，也完全看不出发迹的端倪。知道孩子们活着，偶尔报来延续子嗣的佳音就够了。岁数相较于对现实人生的要求，常常成反比。这把年纪了，过年过节孩子有无来造访，二老似乎早就不把它当作一件认真期待的事。

太太的外婆由她的大媳妇每天来陪伴，因为白天家里没人。七十岁的大婶婆陪九十几岁的阿嬷，通常是陪着打瞌睡。每天在沙发椅上一人坐一边，看电视、吃饭、打瞌睡，能谈的事就那么一些，再谈下去就到瓮底了。后来连坐的位置也越来越固定，两人把常坐的两张沙发椅坐得比其他的凹陷，像肌肉失去弹性。

老人这样坐着，仿佛每一秒钟都天长地久，有时又觉得一秒钟就像一只小蚂蚁，轻易掐指就能捏死。

人能够选择以什么方式慢慢变老？就跟选择结束和开始一样艰难。慢慢，有侵蚀的意味。你不选择的时候，你仍在人生的进行式之中。如果说，生命都是被迫的，这说法不会太霸道吧？

实在倦极了生命的亦步亦趋，有人以死亡来终止老去。小说、电影和诗反复碰撞推敲这样的议题，但一回到人间就无解，一个人总是和许多人牵扯到莫可奈何。

你相信年老却能保持一颗年轻的心吗？这一定是老年人提出的点子，有鱼目混珠的味道。我时常注视着窗外那棵树，落叶的舞姿和声调，不同于迎向阳光的绿芽。尽管它们来自同一棵树（生命的根源或本体），可是落叶只能随风飘，只能化作春泥。你难以在某个美好的清晨，听见落叶发出幼芽般的惊呼。

呵，你相信年老而能保持一颗年轻的心吗？我只确信一颗年轻的心可以突然变老。

望着老人，我把自己悄悄地移植到他们体内。他们落寞寡欢，享受孤独，或者受人尊敬爱戴……然而我感受不到与他们相同的温度，我无法体会老人的心境和思维，只能草草地猜想。

我一直害怕那种缓慢的过程。

若是大规模地摧毁，转瞬推倒或爆裂，我们至少目睹了刹那间的缤纷，譬如暗夜河畔的烟火，瞬间与永恒合一，然后，让大寂静若是以辽敻之穹窿覆盖我们的肉身。那缤纷隐喻了死亡或再生，已经不重要，我们亟欲一口饮下乍生乍灭的热与尘。但是一生中我们往往追寻不到那瞬间。

生命是一小块、一小块的平凡碎布缓慢缝补而成，可以当棉被，温暖肉体，我们被覆盖于天地间，睡眠，摩擦恋人的絮语，或者死亡。然而，梦飘浮在被单之上，被单斑斓如浮光倒影，梦找不到真实的落脚处。

老，就是那种剥落的果实吧？剥落且永不再回复。

梦中，我的青春时常以剑的形象挂在风中的桦树上。剑锈一层一层剥落，暗褐欺压霜白，隐约有温度自雪地上蒸腾，像被放逐的精魂。

我常想到桦树，桦树乃寒冷地带的落叶乔木，树皮却可用来卷蜡成烛，原来年轻的火，是用年老的寒冷来燃烧的啊。将年老用来燃烧新生的火焰，而不是替代或回春。

年老不可回复。

我悲观的不是注定要年老，而是那种缓慢、剥落的感觉，它们在我的体内形成已久，步步为营，偷袭、割据、分赃。直到我的身体全部沦陷。

我这么假想，上帝最初依照自己的形象造人，突然就兴起一个玩笑。他问人类，要选择什么样的“死亡方式”？人类不解，上帝就提出一道选择题，第一，给人类一段青春永驻的时间，这段时间内人类永远不会变老，他们只在死亡那一刻瞬间陨爆，可能活二十年，到此为止，就把全部的青春归还给天国；另一种方式是“慢慢变老”，从一出生开始，所有的生理机能就开始退化，但缓慢到你完全察觉不着，上帝是以一秒钟、一秒钟收回生命的方式，人类将不会感受到特别的疼痛，这种选择的好处是，不预设死亡的时辰，可能婴儿时就夭折，也有可能年逾百岁，不过选择这种方式，就得忍受自己慢慢变丑，慢慢向死亡趋近的恐惧。

上帝说：选吧！结果一定是多数人选择了后者。**人们害怕面对的恐怕不是死亡，而是已知。怕知道自己每走一步就遗失一对脚印，知道人生是递减而不是递增，人们害怕自己的生命竟然屈指可数。有限，这是个事实，然而我们害怕事实。**

未知，至少还有可能性。或者意外，或者奇迹，或者真有神的存在。所以，人类选择了向未知攀附，以“缓慢”的方式，让自己遗忘肉体剥蚀的隐约疼痛。

老，因老而增加的人生阅历和智慧，无法支持人生面对死亡，阅历和智慧很少强大到可以博聚成豁达的心灵。

这样说，人生似乎就太悲观了。可是我们就因为正视人生的悲剧，而产生积极的对抗力量。希腊悲剧告诉我们的无非这些。

老就是老了，尽头就在眼前。需要的是，凝眸注视的勇气罢了。以往我们看不清的风景，现在雾渐渐散了，尽头也许空无一物，也许是神秘的幻象色泽，但只有足够年老时才能看到。老就是老，身体所散发的气味，无法自欺欺人。

我尊敬老，可是我怕老。怕老的过程。

老了，就不会有一颗年轻的心了。时间已经累积了这么、这么多，如何压缩到二十岁？你如何把走过的人生道路，一条一条删除呢？何必为难命定的事。

老了就不会再有春天，认为自己会有第二春，就是否定了他的冬天，他不能享受冬天的美感和质地。

我不习惯老人把自己装扮得很年轻，让刻意要隐藏的部分格外刺眼。我喜欢真实，至少真实面对，面对老、面对剥落、面对缓慢，面对老的沧桑质感，面对老的丰收或空虚。

此刻坐在我眼前的阿嬷九十几岁了，迈过两个世纪，她那么老，老到是否“面对”什么，都无所谓了。她正在看一出通俗的爱情连续剧，不小心又打瞌睡了。

竟然就荡起叶芝的诗句《当你老了》：……并且俯身闪烁发光的铁栏杆边 / 嚅嗫，带些许忧伤，爱如何竟已 / 逸去了并且在头顶的高山蹀躞 / 复将他的脸藏在一群星星中间。消逸就消逸了，可以期待的仅仅是那些爱过你的人或许将怀念你；当然，幸运的话，你也可以自己决定，高贵谢幕的那一刻。

作者简介：

李进文（生于 1965 年）

作家、诗人

台湾省高雄市人，毕业于逢甲大学统计系，台湾中生代诗人。

曾任明日工作室副总经理、联合文学出版社总编辑，现任职台湾商务印书馆总编辑。曾获联合报文学奖散文大奖、台北文学奖、吴浊流文学奖、梁实秋文学奖等。书法典藏于台湾美术馆、孙中山纪念馆、台中市文化局。

著有诗集《除了野姜花，没人在家》《静到突然》《更悲观更要》，散文集《微意思》《苹果香的眼睛》等。

髻鬏花　文 / 叶国居

强大的日光，
攫取祖母发中的黑色素与汗水蘸成墨汁下咽，
经过时间的消化后排泄出来，
叫作黑夜

对于黑夜的形成，始终有一种模糊的概念在我的心中凝聚：它，与人确有某种程度的关联。

在每一个烈阳如浆的白日里，祖母在田亩中佝偻耕种。在每一节翻土、播种、除草、施肥的动作间，挥汗如雨。强大的日光，攫取祖母发中的黑色素与汗水蘸成墨汁下咽，经过时间的消化后排泄出来，叫作黑夜。

浓稠的黑夜在暗中默默地成长，流淌于小溪庭院、谷仓柴坊、猪舍鸡寮，并不断地扩张向田亩间的菜圃和水塘。夜色如墨，团团紧紧地包围村庄，但它却镇不住祖母的双脚，她背负着浩大的夜色，如同白日顶着烈阳，仍不断地在田亩间穿梭，在猪舍鸡寮间忙碌着。

对于我们小孩而言，乡下的黑夜充满着神灵鬼魅的氛围。一入黑夜，便不敢大声言语，不敢远离住宅的四周，这是黑夜慑人的力量。但是，你一定很难想象，对于黑夜，我竟然没有丝毫畏惧的感觉，因为我老早就发现了夜的缤纷和热闹，笑脸的月光穿过浓密的树林，我在其中感觉大树正在拉拔成长；溪水的唱游伴着夜虫唧唧，我在庭前微弱的灯泡下看着飞蛾翩翩起舞。除了这些外，还能骚动宁静与黑夜的，便是祖母发间流动的白光和她密集的咳嗽声了！

就我有记忆之始，祖母的头发并非全白，大抵是黑白相掺的，到底是什么时候，黑色素从她的发中消耗、蒸散，我便全然不知了。记得我在念小学五年级时，一天，中午从学校回来吃午餐，在竹筷起落之间，发现在碗饭中夹杂着一根长发，半截如霜、半根如墨，等到下午放学用晚餐时，再发现菜中的发丝，便已通根如霜。

小时候的我并不懂事，屡屡发现饭菜间的发丝，不管黑白，我总会先对祖母抱怨一番，却从不关心黑与白所象征的意义，我对祖母的白发没有任何的戒惧，就如同黑夜在我的心中不设防是一样的，它们不停地占据我和祖母相处的时间，我却没有一点警觉。祖母这一辈的客家村妇，习惯将长发紧束成圆圆的发髻，像是一朵盛开的花儿，我把它取名为“髻鬏花”。童年时我总是尾随着这朵花到田园，它流着汗水的花香，随着祖母年岁的增长，越像个花儿，越老越开花。

一回，中午用餐时，我发现菜中有几只蚂蚁，打开汤锅，竟发现成群的蚁尸，我一下子气急败坏地向祖母大声地说道：“不煮头发，换煮蚂蚁了？”

“蚂蚁不会吃坏人的。”祖母怯怯地趋前安慰着我，也不知要说些什么。

“那晚上就煮蚂蚁吃好了！”我在盛怒中搁下饭碗，径自往外头冲去。

夕阳下山，我才踩着步伐回家，一进家门，发现祖母不在家中炊饭，饥肠辘辘，心中有些着急，却惊然地发现一轮白霜霜的月，在厨房窗边晃悠悠地动着。我趋前一看，祖母弓身在窗边，端着一锅猪油盆，利用逐渐流失的天光，正在挑拣油盆中的蚁尸，不时地将沾满油渍的手指伸进嘴里舔干，似乎生怕丁点的油脂浪费了。眼看天就快黑了，她的动作显得有些慌忙。我悄悄地走近祖母的背后，发现她的头就如同望日之月，像是由许多许多朵的髻鬏花簇拥而成的花束，在每一根发丝之间，流着暖暖的光汁，仿佛在一个下午之间，祖母的头发彻底地变白，究竟整个下午，祖母做些什么事了？竟然让烈日如此狠毒地吞尽她发中的黑色素，我正纳闷地想着。

“回来了！”祖母发现我回家了，高兴地向我说道，“晚上的饭菜不会有蚂蚁了，我在这挑了整个下午，一定够干净的。”

我不知道要回答些什么，再看到她被忧虑拉扯陷落的双颊，眼睛已是灰蒙蒙的一片。

穿过厨房窗边的那道阳光真的毒辣！

那晚的夜色好浓好浓，将我和祖母密密紧紧地包裹在一起，感觉厚实而温暖。和祖母躺在同一张床上，彻夜没有入眠。泪光一直流连在祖母头上的髻鬏花和蒸散的黑色素之间。

作者简介：

叶国居（生于 1965 年）

作家、书法家

台湾省新竹县人。

曾获联合报文学奖散文大奖，林荣三文学奖、台北文学奖、梁实秋文学奖等，书法典藏于台湾美术馆等。

著有散文集《髻鬃花》。

禾夕夕 文 / 叶国居

父亲在移屋中得到唯一的救赎，
就是这个工程没有完工日，
永远永远，
只在遥远的路途中

第一次看到“移屋”这个广告牌，父亲直盯盯地对着我问：移屋是不是搬家？我想了很久后告诉他，比较像是蜗牛背着壳走。

西滨计划道路截取老宅一角，穿过一片相思林地，笔直驶进我们家的田。田搬不动，房搬不走，设若人能以蜗牛为师，背着壳走地搬家，父亲跃跃欲试。他拾起地上的树枝在泥地指画，抬头望望广告牌。低头，写下左边的“禾”。再抬头，又俯身写下右边的“多”。父亲说，“移”是“禾”加“多”，“移”屋后应该禾多多，好收成。在我看来，父亲写的这字结构松散，字符各自独立仿佛互不相干，他像是在写禾、夕、夕。

如果，硬是要说他写的是“移”字，直觉似乎少了什么似的。

父亲并非目不识丁，但认得的字数有限，对字似懂非懂。1980年年初，父亲突然面临一连串过去与他无关的新词汇：公告现值加四成、道路征收用地……一个垂垂老矣的考生，在滨海的偏乡，坐在人生的试场，面对陌生的名词解释、计算方式，他不会作答。咬着香烟，一根接着一根。

时间是有大限的，钟响交卷，就要决定答案。老家究竟搬还是不搬？还是要等机械怪手来开腔？

搬或不搬？二十来坪大的蜗居，到底搬还是不搬咧？截取一角虽可偏安一隅，但是房子就没那么完好如初了。设若人去楼空，田园渐芜，父亲又说万万不可，怨怨焦焦地陷入了前忧后虑的挣扎。看到了移屋广告后，他欣喜若狂，决定师法一只蜗牛背着壳走。

经过多方评估接洽，毗连老宅四周的土地，都无法让蜗居容身，父亲决定背着重壳迁往四百米外的水利地安居乐业。蜗步日行二十来米，换算距离约莫二十天才能到达。移屋工人在老宅的四周挖沟作嫁，三十六个千斤顶将整栋房子垫高，以枕木和钢管充作滚轮，摩挲摩挲，辘辘辘辘，反复地以油压推动器来推动这个大蜗牛前行。

房子在旅行，父亲的心情是愉悦的，他窃窃自喜保住了老家，心满意足这个世代竟然有这般的神工鬼力。更具体来说，在他左支右绌百般煎熬时，这种开创式的蜗牛搬家，恍若是一种幻觉，让不可能变成了可能。

房子在移动中，停水、停电，父亲作息不受影响且心情亢奋，像是客家庄庙会时办桌请客，他殷殷把工人当成客人，眼笑眉舒里外招呼，宁静的老屋，在施工期间热闹骚腾。

很不幸地，房子到达定位，工人将水电接通的那晚，父亲却生病了，咳嗽密集夜不成眠。小孩会恋床，人老会恋家，但是房子依旧呀！何以房子结束了旅行，父亲的喉咙，却出现了移屋时哐哐咳咳的骚动声。这声音好像是在玩接力游戏，白天工期结束后，咳嗽在夜晚接踵而来。

一连数日，父亲咳未愈，夜深越密，我在睡梦中晃晃然，屡在惊醒的片刻以为移屋工程还在进行，哐，哐哐哐。看病找不出缘由，最初以为父亲是劳累所致，可是一连数月未见好转，就不得不另作他想。移屋是父亲决定的，相对于微薄的搬迁补偿，移屋所费不赀，父亲不计代价让房屋完整，但是忧虑煎熬似乎没有得到救赎，反而在房子定位后变本加厉。

他每个夜，悄悄回到考场。

父亲杵在楼梯中间，右脚上一楼阶，旋以左脚下一楼阶，上阶下阶，下了阶又再上阶，反复蹬上蹬下，但终究上不着天，下不着地。他拿不出定见，房子都已经定位了，他仍试着把时光倒回来，呆呆地，想了又想。

此后父亲经常在夜，无缘无故回到旧居。他在那块空地上打旋磨，来回踱。像早出门的鸟，夜归找不到回家的巢，心焦焦地在巢边盘飞。西滨公路通车的前几年，三更半夜车声零落，路过有人看见一个白头堆雪的老头，指天指地喝鬼骂神，旋即加速油门远去，或有醉者下车小解，被吓得夯嘴夯腮不能言语。随风流传的话渣一发不可收拾。说相思林内有一个白头鬼，为了地盘，与乌压压的黑面鬼争论不休。

有一次我尾随父亲，叫了他。当头对面问个究竟，父亲却煞有介事地说，他正忙着移屋。

我的心顿时抽成一团。移屋？房子都已经定位了，他仍醉心在途中；睡在床上，却不知所以然站在故居旧址上，那一定是在梦中流浪了，以身历其境的梦游方式，追求仍未迄及的梦想。

父亲不清楚自己何以若此，会在暗中来到老屋旧址。我猜，移屋只是移走了空壳，蜗牛和父亲在“搬家”这件事情上，似乎无法等同类比。保有并不等于拥有，享受非同感受。从父亲移屋后坐卧不宁看来，肯定是父亲在移屋后，仍然没感受到家的完整，更无法在精神上拥有那个空间。

再早之前，林后的秧圃，春来秧苗青青，父亲以巴掌大般近若方形的铲子，将秧苗连泥带根铲起，以环状逐一堆栈置入简易的竹篓，挑到上亩下亩莳下。来去之间，担头的左右皆有大批的秧苗随行，从小田到大田，他黑家白日“移”莳幼秧，烈阳如浆，汗水如雨，“移”莳虽然辛劳，他却乐在其中的“侈”字的奢华，随行的秧苗宛若众多的随从婢女。一亩方田，父亲一个天下。

他是“移”这个字的力行者，“禾”加“多”，越移越多。唯独在移屋这件事情上，父亲却移得一贫如洗。马路开通后，他去不了要去的地方。咫尺四百米，就变成漫漫长路了，成为父亲晚年不分昼夜往来频仍的道路。那是一种机械式的重复，一种无谓的忙碌奔波。日日目送扬长而过的车流，扩张父亲容颜的车窗，一张张。南来北往，千里万里。

有一天，父亲咳嗽加剧，不能为一餐之饭食，哐当哐当食屑汤水洒落满地。他瘫坐在沙发上，头歪向窗边看去，长吁短叹地说老家不见了。岁月如流，故居旧址被长高的野草大规模地占据，沿着西滨公路右侧，民宅零星种进地头地脑。次日，我决定踏回故居旧址一探究竟，站在那里，无论怎么盼，只能看得到四百米外我们家房子右上方一角。天空线在无声无息中变调了，旧址与房子，好比是渐行渐远的送行。我再向前方看望，砂石车呼啸驰过，风来走砾飞沙，水文走向，又复是昔日一望无际“禾加多”的青青田园，整个天空灰蒙蒙的。离开前，我再次微踮脚尖看看那房子小小的一隅，相信终有这么一天，重临斯地时，那小小的一隅也将在视线中淹没。

目光分离了，就是盼。惊觉在父亲的心灵里，房子仍不停地移动着，与故居旧址不停地在遥远，从亲昵到疏离，从抽象到具象。工程十多年后，父亲说他仍在忙着移屋，这事恐怕也非空穴来风。从这个角度观之，房子与地基的距离在抽象中越来越远，然而随着父亲的日老月衰，眠思梦想日望夜盼直到遥不可及又相见无期。他在四百米内患了严重的相思，已成为具象不争的事实。设若真的如此，哐当哐当就不会停歇，移屋与咳嗽，日益月滋势必无法收敛。又哐当哐当，抓心挠肝，早已无药可医，这好比日东月西，就算相见也无法相聚。依照医生的说法，强迫症者身体无恙，唯系生理使然，有可能是一次紧张的梦魇经验，此后一生如影随形。

有一阵子父亲走路显得颠踬吃力，躺不住，坐不着，好不了。白天，他依在客厅的窗边。照常理论断，夜晚他应该会安分在家的。却出人意表，父亲半夜在外头的频率越来越高。每回父亲夜晚不见了，我就会联想起多年前那趟风餐露宿的移屋往事，停水停电的暗中，每个愉快的夜晚。说不定这么多年来哐哐咳咳的夜，梦游时的披星戴月，这个幻觉持续给父亲带来心灵无上的慰藉。

那年父亲天真地以为，房子原貌移走，就能完美如初，事实非也。

故居坐拥四田，卿卿土地就是一把带不走的钥匙。禾夕夕，房子土地东分西移，父亲那个字写得支离破碎，乍看的直觉就是少了什么，早早就预言了移屋势必落东落西，没有钥匙，终究是进不了家门！

于是，父亲的移屋工程至今还持续地进行中。我的岁月不断向前，他的时间却重复回到从前，空转的滚轮，摩挲摩挲，辘辘辘辘。他持续努力地保全完整的家，我认真地成全这个假象。

半夜发现父亲不见了，我不需找他。如果真的这么巧，天刚明我就在外头碰见他，我会微笑地向他道声：好早呀！老爸，辛苦了。

还在移屋吗？嘿嘿，这是我和父亲之间美好的幻觉。已无探究的必要。

父亲是一副什么样的表情——快快乎？碌碌乎？我已经满不在乎！

禾夕夕，没有公文书上载明的限定搬迁日那么容易。父亲在移屋中得到的唯一的救赎，就是这个工程没有完工日，永远永远，只在遥远的路途中。

自己的房间 文 / 张耀仁

爱是一场实践而非口说无凭

最终，那个房间只剩下我外婆了。

从前的时候，房间里总有不会停止的声响——八个孩子！——孩子们说：渴了，她赶紧烧好开水；孩子们说：饿了，番薯签拌饭连忙端上桌；孩子们说——当然，也别忘了我外公：脾气忒坏，只消一个眼神便足以使人心绪紧绷，乃至大老远听见粗嘎嗽痰，该准备什么就必须是什么了。

就这样，孩子们跑上跑下，外公跑进跑出，整座房子充盈着横冲直撞的喧闹，那样无从静谧、无从悠缓，一日将尽轻轻叹息便是全部的生活。生活是赶往火车月台抢买一个便当的囫囵吞枣，生活也是等待一锅红茶沸了冷了的日复一日——我外婆就这么一刻不得闲的，直到连锁便利商店进驻火车站大厅，这才不得不离开那爿杂货店，离开属于她的第一座“自己的房间”。

那时候，为了顾店她几乎都睡在店里啊，母亲说：“其实，伊心内足毋甘愿欸。”

不甘愿我外公走进隔壁的房间——起于迟迟不见子嗣，三十岁那年我外公迎来“另一个太太”，并在自家土地筑起两幢一模一样的透天厝——筑起两个不同的“家”——自此，“另一个太太”沦为我母亲这一系谱的一桩暗伤，一场眉眼间恒常难解的心事，每每提起，总得叮嘱这么一句：“不当输给伊们！”

许多年后，那些恩恩怨怨自屋里离开了，所有人也各自远走，仅存我外婆与一只唤作米莉的西施犬，她们俩相依为命。每日每日，她拖着蹒跚的步伐，先是缓缓坐到那张烟味缠祟的藤椅上，对着我外公生前用惯了的烟灰缸摸了又摸，像是疼惜又像是万般无奈地吁口气。然后在那个于她而言再熟悉不过，而今折散天光，每一事物皆投下素描似的暗影的大厅底，闭上眼，侧耳倾——有时，静静望向窗外——重温这座引渡她由青春至耄耋的家屋，每一刻的变化，任凭日头一寸一寸落下去，最终漆暗。

最终，她走向屋后，临去前不忘叮嘱："走，来去呷饭。"

未尝想过，会有这么一天，这幢心底即预设着日后将有那么一天，远比任何人都要提前离席，离开花露水万金油撒隆巴斯混杂的这个房间——那时候，房间还很陌生，每一事物都必须重新定义：定义睡觉，定义装扮，定义举手投足——独独不定义情感或婚姻，因为她心知肚明，爱是一场实践而非口说无凭。

所以，在孩子哭闹、丈夫责骂以及顾客的吆喝声中，她度过几十年夹层似的时光，那近乎人潮群挤的市集，几度失散终究抓住彼此的千里一线。为此，她感到骄傲，并惦记如何能够变身"真正的母亲"，一如她的母亲以及母亲的母亲，她们连少女（她们说：做小姐）的裙摆都还来不及细看，便罩上深色棉衣、宽腿裤，一副打从成长以来，即以母亲或阿妈示人的端庄与世故。她们很早就老了。

老了的外婆成为墙上凝塑不动的一帧旧照片，连同屋子默默等待最终时刻的到来。在那张较为年轻的照片里，她两鬓犹黑艳涂口红，看望镜头的眼神有着不属于那个年纪的慈蔼，好似平常看望我的表情，关爱多于探究。她总问：有呷饱否？读册有第一名否？

等到年纪稍长，她且问：咁找有头路？咁有打拼？再后来，她和我母亲串通好似的，嚷着：“啊有查某朋友，不就要带转来给阿妈看看欸？”

那时候，我微笑以对，几乎忘却自己正身陷一桩感情风暴，那样不知所终、不明所以地惶惑。遂揣度着：之于她，她们，何以自年轻起即确信爱情必然指向生命尽头？何以确信，枕边人不致一夕消失。抑或某个转醒的清晨，面对指尖轻轻刮磨玻璃留下一条一条湿润的雾气，悚然惊觉：怎么会和这个男人？怎么会是这个男人？这类“早知当初”乃至“从今而后”的她们，难道未曾涌现这样的疑问？

极其明显，她从未怀疑、求索，甚至忧畏，即使面对“另一个太太”，她仍是那么有礼。在另一张较为年长的照片里，她变得比较丰腴，圆润的下巴突出与她这一劳碌之人并不相衬的福态，颈间项链闪闪发光。而她毫不扭捏，照例驯良地望向镜头，浑然不觉立于一旁的丈夫使她感到痛苦——也许不，所谓逆来顺受，天公伯要怎么对待咱，咱哪有啥法度？她约莫是这么说的吧。所以她持续守候车站大厅那爿窄小的杂货店，持续行止得宜张罗一家事务，从未对冗长时光里间或洒落的冗长黑影表达不耐。

车站里来来去去，她看着那些或迟疑或匆促的脚步，猜想他们各自的心事，领悟生命其实正是这么回事：无以言说，无以名状，终将抵达——抵达之谜。好比她和我外公，他们静静静静在各自的房间潜入梦中，静静静静过完无话的日复一日。当他们最终不再需要以愤怒或悲伤即能获知彼此的心意，她明白，他们此生将不可能分开，也不可能发生更多的情感，唯独坐守这一房屋，这一和隔壁共享同一墙面的透天厝。

每每，她聆听屋外窸窸窣窣的蛙鸣，以及过于墨黑而产生虫豸抑或綷縩摩挲的波频，怀想这些年来所经历的全部：比如两人最初的青涩，在花露水还不那么浓密的时刻，婚姻里的凡此种种都显得生疏而新奇。又或者后来的日子，隔壁房间屡屡发出呓语似的低喃侵扰着她，使她恍恍惚惚间，以为每夜都是场梦，而那只再熟悉不过的橘金灯罩亦可能言说表述。

公主彻夜未眠。寂寞的人坐着看花。思想起。

她为每一阶段里的自己感到惋惜。每个夜里，他们上演一场糟糕的罗曼史：男人早早发出鼾声，而她一夜无梦，深深觉到内里的某件重要事物就此失去——年轻的他们说也说不清感情为何物，却已是名实相符的夫妻。所以，当他躺下来，靠近她，她赶忙背过身去，涌上既羞且怕的震颤，仿佛灯罩也换上其他颜色，仿佛房间里有嗡嗡萦绕的蚊子，扰着她、提醒她，他们的情爱一点一滴被架空。

终其一生，她都无从理解那是怎么回事？一如终其一生，她困惑着隔壁似有若无的声浪究竟是梦抑或实情？

也因此，当她端详大厅那块高悬的匾额，表情总是忧喜莫测。在那“金玉满堂”的祝福里，有着太多不足为外人道的纷扰，但岁月终究为伤害带来了距离，也带来看似智慧的观察。隔着蚊帐，她发现那只灯罩不再妖幻如昔，不再沦为无梦之夜的象征物，而与我外公长年分房而眠的事实亦足以释怀。她收藏那段最后的时光照顾他如看护自己的孩子，轻轻抚触他的额发，静静目睹他干皱的容颜，坏脾气什么的俱皆压缩于这副日益小下去矮下去的身躯，一点也不若青春时节的巨硕与暴躁。

或者，她其实从未仔细看过他的肉体，而是想象。想象这辈子与这人共度一生的必然，想象衣橱里她的棉衣以及他的衬衫混杂了汗与脂粉，宛若每一对夫妻都曾发生的磨合与习以为常。她坐在他的身旁，观察这一切，像观察死亡即将临身的命运，安心于屋内悬浮的种种气味，逐渐退去的人声使她意识到：这座房子确确实实留下她了，她成为众多照片里唯一的诠释者。

孩子们越来越耐不住小空间，纷纷跨出大门朝车站直直走去，途中经过本地惯常可见的龙眼干、莲子甚或藕粉，他们停下来品尝，像品尝每日百无聊赖的生活忽而插入一首流行歌曲，流行的《向前行》在他们的舌尖翻跳，跳着跳着跳远了，然后忘记如何回家。而她坐在家门前，注视这一幕，细数多少年来屋内浮动的各式声浪，一旦真空，沉默便像夜里放大的钟面，顿挫着人们对于时间的认知。因而她学会自嘲以面对每一事件，将接下来的人生想象成一条夜行路——生命的启蒙呵。她在他的床头摆上一束野姜花，期待雨珠逗开它们。淅沥淅沥。淅沥淅沥。她和他面对面，面对命运到底还是厚爱她，使她最后依然拥有他，拥有一段有始有终的感情。

所以，当她缓缓走出门洞口，不相信一切已然结束。从前的愤怒与悲伤混合成无从感知的情绪，她怔怔仰视着这幢陪伴她多年的老厝——另一幢同样斑驳无光，唯独人去楼空。她抹去眼泪，像见证一场失去的感情那般，反复探问：有谁真正活过？旧日的时光毫不留情地朝她袭击而来，弹珠台般哗啦哗啦，什么都有的分分秒秒，她不由读疑：这些事事物物会否仅是她的想象？想象一幕蜃景，一出在她心底反复排练的日常？

于是她坐在大厅底，坐到那张藤椅上，以她期望的方式复制我外公当年的姿态：敲敲烟盒，点烟，绵密的烟味贴附于身，于头发，平和而安静地回想这些年来之种种。声音束收，屋外的鸟雀扑棱暗影，庭埕前的那株木瓜树翻出嫩叶，又急又缓的这个午后呵，整座大厅沉浸于枝叶摇曳间，公妈桌上的立香歪着身——从今而后，谁还会回来呢？谁会记得这个家？这幢空荡的楼房不折不扣成为她的第二座“自己的房间”了，真真正正一个人的，专属而独有的房间。

想当然尔，她不会知晓在她青春正盛的年代里，遥远的国度有一位作者宣称：“一个女性假如要想写小说，她一定得有点钱，并有属于她自己的房间。”她不可能也不知从何了解，为什么女人必须有钱有房间才得以写作？之于终其一生只认得自己名字的她而言，她所能去到的念头的边界，也就是坐在这里，在她生活许久、充盈着汗水与花香的家门前，静静领受森凉的黑绿的树荫罩下来，静静看着细微的浮尘自被单撣动，而光线都成了海。

海波很重，极其缓慢而巨大的潮涌。生活也是一场永无止境的浮沉。倏忽，西施犬米莉嚷起来，惊扰了满地阳光，也惊动她的眠梦。她睁开眼，怔怔看着我，像看待一桩遥远的心事，宽阔的额庭又湿又亮，细碎的汗水颤抖着。我拿起手巾在她脸上轻轻拭着，想起准备联考的那个夏天，当我糊里糊涂睡去时，她同样温和地看着我，同样为我擦汗、递水，仿佛紧锣密鼓的重考生活也不那么羞惭而被宽容地谅解，谅解作为人的良善与罪思何其难解，一如我外公，一如她，他们的情感从不说抱歉。

就这样，那座房间终究只剩下她了。即便如此，至今我们记得那个下午，当我外婆真正转醒后，先是照例侧耳倾听，继而盯住屋外一寸一寸低下去的日头，然后缓缓站起身来，像许多个日子那样叫唤着随意乱窜的米莉。原以为她要转入屋后，但那一刻她伸出手来，偻身抓住我的臂膀，希望我陪她去王宫庙前买一碗豆菜面。

我说，阿妈，我去买转来就好啰，一段路远兮兮欸。

我外婆看了看我，又看了看即将蒙上灰蓝的大厅，以柔和但不失坚定的语气说：“我想出去走走。”

她说，我要出去走走。

作者简介：

张耀仁（生于 1975 年）

作家

台湾省台南市人，现任屏东大学科普传播学系专任助理教授。

曾获林荣三文学奖。

著有小说《之后》《亲爱练习》《死亡练习》，散文集《最美的，最美的》等。

听母亲说话 文 / 蔡逸君

回来听听妈妈说话，
会比较好睡

假日回家，母亲端出刚煮好的台风笋，因为她吃素，汤里只放腌萝卜提味，没放小鱼干。她说很久没吃台风笋，不知味道一样不一样。我舀来喝，接着再一碗，汤水甘甜但微微渗着苦涩，笋圈薄嫩却韧性十足，正是昔日的味道。我对母亲说，好吃极了，她说应该再苦点会更好。

母亲开始自说自话，说昨天二哥开车载着她四处游逛，路经一户农家，门前妇人正剥着几根台风笋，他们赶紧停车，上前询问，妇人说不卖的，央求了半天，才让出一根。我边听母亲说话，边把汤料浇在饭里，又多吃了一些，想着昔时住在农村，每每台风过后，便去乡野竹丛下捡拾台风笋。它不是市场里常卖的从土里挖出来的绿竹幼笋，而是乡下处处可见高长的麻竹新茎尾端，仍在抽长，却因强风折落，农家惜物，便削其嫩处泡水浸软后煮食。

母亲还继续说，不管我听进了没，她说腌萝卜也是按照祖母以前的古法泡制，说汤煮滚再淋上几滴猪油会更爽口，说已经二十多年没吃的这道乡野菜比任何大餐厅的料理还富滋味。我听着只是微微点头，知道她可以不断地这样自言自语，尽管无人响应。饭后，我手握遥控器躺在沙发上看电视，母亲收拾好剩菜，坐回一旁她固定的座位，又开始说话。她的声音不疾不徐从左后方传来，我半闭着眼睛休息，听新闻播报停水的消息，嘴里还留着汤的苦味。

这样的相处模式已经许多年，自从我离开家以后，母亲总是抓住我不定时回家的机会，细数她周旁发生的所有事情。不分大小，只要起个头，她便不停地叙说，从她种的花草植物到楼下邻居加盖厨房占去防火巷，从她养的孔雀鱼到大卖场白萝卜三根只卖四十元，从这件事到那件事，一花能说一世界，巨细靡遗。

新闻播报诈骗集团的骗钱手法，我跟母亲说要小心点，如果有人打电话来说是你的儿子被绑架，千万不要相信。她说早就接到好几通，哭哭啼啼地叫妈叫得很伤心，她想儿子们从来也没叫妈叫得那么大声，就问啊，你是我第几个儿子？住在哪里？通常他们答不出来，就挂掉电话。她说我们兄弟住三个地方，歹徒要猜中的概率不大，而且她没有信用卡也不会操作提款机，坏人是拿她没办法的。我笑母亲说你头脑还很清楚嘛，她说人只要不贪就不会骗人也不会被骗，说她去邮局提钱，遇到金光党一大包的现金要给她，她看都不看就走人。

母亲说话的声音带着得意，从我背后持续传来，我有一搭没一搭地接腔，拿着遥控器转台，切来换去不知要看什么。突然母亲改口说道，现在电视都不准，大家随随便便黑白讲，还是自己算得比较准。我瞄了一眼，节目里所谓学者专家正在谈论命理与星座，我知道接下来她要开始分析乐透彩的明牌。果然没错，她说上一期抓中两号，可惜第三个号码 24 被台风翻牌变成 42，不然就有两百块。我问最近赢还是输，她说刮刮乐刮中几次五百、一千，加加减减，没输没赢，不过她说不管我们是输或赢，做庄家的稳赚不赔，最后还不是全部被政府赢去。

接着她告诉我，不只这些专家失准，连一向她信赖的气象预报也不灵了，没开出一个号码。我无奈地说他们根本不是在报明牌，她不管，说前天某台 SK-Ⅱ的广告又出现，虽然 SK-Ⅱ也失效好几次，但这期还是有可能出 12 或 17。我知道这是她经过细心比对各期号码，花了很长时间观察某台某个时段播出这则广告才得到的统计资料，所以也就不再争辩。她又接着说，还是农民历最准，今天冲到属马的，她从节气里抓出几个号码，要我去签，不一定会中奖，但机会很大。

我说我会试试看，顺着她的兴头又问，几米呢？还准不准？母亲停顿了一下，说几米以前在那些报纸画得很好看，什么时候出现一棵大树，一只兔子，小女孩的围巾怎么飘，显现的数字都很准。可是现在这个报纸画得很奇怪，人缠着绷带，植物动物也都长得奇形异状，好像受伤了。母亲话锋一转不再分析乐透明牌，她说几米的内心一定很苦吧，不然怎么会画成这样。我说你哪里知道，你又不认识几米，她说不会错，内心有痛，不要说画画，连说出来的话和吃下去的饭菜都会苦苦的。她说不知道几米发生什么事，还是被报纸影响了，报纸那么乱他才画得那么苦，我说他不苦，应该赚了很多钱。母亲说那跟苦不苦没有关系，想赢的人通常都是最苦的，看他们的脸就知道没睡好。

远处传来几声闷雷，母亲说又要下雨了，忙起身去后阳台收衣服。

我闭上眼睛想，要是几米知道母亲的说法不知是何反应。后来模模糊糊知道母亲收完衣服又坐回来，对我说很多很多的话，不知她说些什么，我就已经睡着了。

醒来时电视还开着，却没听见母亲的声音，我转头看，她靠在椅背上也睡着了。她睡得很安静，我关掉电视，整个屋子跟着安静下来，只有些微雨声从门缝渗进来。我看着母亲，想若是平常日子，她一个人在家，要找谁说话呢？难怪死了一只孔雀鱼她会说上好几遍，难怪她那么认真关心几米苦不苦，难怪她连我睡着时都还不断对我说话。

我安安静静地看着母亲，她的座位旁边有一张矮方桌，桌面上摆放她常用的物品。玻璃瓶罐内插满几十支粉色铅笔，旁边叠放数本空白笔记，那是她的画册，这几年她临摹报纸上的插图画了一本又一本，有一次她画自己的大头照，我回家时她得意地拿给我看，说以后相片不用放大，用画的这张就可以。

靠墙有英文 ABC 习字簿，她去念夜间高中补校，因为她的孙女开始讲她听不懂的英语。还有农历和佛经，除了分析乐透明牌外，最主要是她说最近常常梦见死去的亲人，农历可解梦，佛经可以回向，安慰亡灵。占去桌面偌大空间的是个塑料瓶罐，里头塞得满满一包包的药袋，光治糖尿病的就有五种药丸，另外高血压，长年无解的夜间干咳，最近她说右眼又开始模糊，很像几年前左眼白内障的症状，我这才想到为什么近来这些日子，她都不画画了。

我安安静静地看着母亲。药罐旁就是她伸手即可抓到的电话筒，每次我打电话回家，铃声不曾超过两次，她就一定接起来，母亲选择坐在电话旁的位置，不过就是等待着，生怕漏接任何一通我打回家的电话。诈骗的歹徒一定也深知这样的母亲，所以一次一次打电话，打得比我还勤。我安安静静地看着母亲，她虽然睡着，但看着她，她的周遭，我知道她仍然持续地在跟我说些什么。我离开家好几年，母亲也老去好多，我看着安安静静睡着的她，想跟她说些什么，却什么话也说不出来。

我缓缓地起身，想拂去沾在母亲脸上的饭粒，还没靠近，她却醒了，她看着我说怎么憨神憨神站着不动，是不是要走了，有工作要做就赶快回去做。我摇头，说是要抽烟，便往后阳台走去。

雨仍然持续飘着，后阳台上母亲种的花草植物都被淋湿，我好不容易点燃烟，才抽了几口却被呛到，眼泪差点咳了出来。这时母亲又说话，她不知何时来到厨房，隔着后阳台的门窗，她说有没有看到木瓜，没想到种在这么小这么难的地方也会结果，我说才一颗，她说一颗就很了不起，等下次回来可以吃吃看。我看着那颗不到拳头大小的木瓜，感念母亲漫长耐心的等待。

回到客厅，母亲坐回老位子，又翻开农民历来看，她说一雷破九台，希望今年不要再有台风，停水真的很麻烦，我说如果还停水就马上通知我回来提水。她说找大哥就可以，他住得比较近，不要我跑太远。见我还在咳，她从药罐里掏出药片递给我说很有效，又说烟不要抽那么多，酒也要少喝点，我怕她说起我就没完没了，赶紧猛点头，阻止她说下去。

母亲合上农民历，静默了片刻，说这是最后一件事，这次说完她就不再说了。我知道母亲要说的是什么，电话里她已经提过好几次，我都没有回应。她说堂兄们来通知，他们打算把手上南部老家最后一块田地处理掉，问我们要不要，不然就卖给别人。我还是没吭声，她说那是祖产，已经传下好几代，还有包括老家的厝地，如果不要，到我们这代人跟故家就算断了。我不知道如何接话，想如今我们离开农村那么久远，不要说种田，连扛一袋谷子的力气都失去，有那块田地也等于无用。

母亲叹了口气，说也不是真的要卖，就连想到要卖给别人，好像就失去什么，心头乱糟糟的。我问母亲有没有想过要搬回南部，她说想是想，但是太为难了，大家各人有各人的生活，太勉强就不完满，她说偶尔回去看看也不错，真的要住，可能已经不习惯。轮到我叹气了，母亲跟着我们搬离故乡接近二十年，现在她梦里的场景人物都还留在过去，而我们已经各自在别处落地生根，搬不回去了。我看着母亲，心中有着愧疚，她立即明白我的心思，说不要再为这件事烦恼，把眼前的事做好才重要，她说没关系，等中乐透有闲钱，再去买回来。

母亲看着外面的天空，停雨了，她说赶快回去吧，路上开车要小心。她问我下次什么时候回家，我说还不知道，有空就会回来。

这时母亲却笑了，抬头看着我，说是不是觉得妈妈很啰唆，说话说个不停，不敢回来。我看着微笑的母亲的嘴角，那里面有一颗蛀牙，劝了老半天要她去看医生，她说盐巴刷刷就不痛了。我看着母亲，说不会呀，回来听听妈妈说话，会比较好睡。

作者简介：

蔡逸君（生于 1966 年）

作家、编剧、导演

台湾省彰化县人，毕业于台湾文化大学戏剧系。

曾当过电影场记、副导演与导演，跨足于写作、剧场等不同领域。

著有小说《我城》《童颜》《笑弹秘籍》，编导作品《河流》《爱情万岁》等。

迷航 文 / 廖淑华

并非每个照顾者都愿意坦然面对，
有时清醒者较之妄言妄行的病人更显挣扎

1

凭借脑中强记的地图，我只错转两个弯便摸索到母亲所在的楼层来了。

隔着被设定管制的电动门，试图让护理站的护理师注意到我，她正背对着我和一位年轻病患说话，是个瘦高大男孩，披着医院的深红色长袍，我突然想到怪医黑杰克；不，黑杰克不会这样趴在柜台，一副撒娇模样。护理师随着男孩的视线注意到我了。她按下开关让我进入两道门间的缓冲区，再以钥匙打开第一道门，问我是哪位病人的家属；示意我打开提袋检查是否带了铁制、尖锐或雨伞之类的违禁品。

“这个，不可以给病人喝。”她指着我刚在便利商店买的研磨咖啡。

“我自己要喝的。”妈妈可能会要求“喝一口”，我得坚持说“不可以”吗？

母亲的体型是典型的西洋梨，弟弟认为日常饮食要严格控管，对我开放让妈妈偶尔少量的犯规行为极不赞同，而我总觉得一点点口欲上的满足，对一位老人的单调生活来说可以是一道彩虹，故而仍多少“偷渡”一个低糖甜甜圈、一块波士顿派与母亲沏茶分享，那是母亲与我私密的下午茶时光。护理师说咖啡因会使病人精神亢奋，可能失眠；又问，你是林某某的谁？我回答“女儿”。心里有些恼：林某某岁数都可以当你的阿嬷了，你就不能加称“女士”或“奶奶”吗？

“黑杰克”对我们的互动颇感兴趣，甩着病袍衣角像鱼似的游来游去，一开口却让我有些诧异。虽然他的神态显得稚气，仍可看出绝对是超过二十岁的成年人，他拗着护理人员说，午餐要吃“铁板面＋泡沫红茶”或抄五遍《心经》就可以回家哦，一句句“阿姨，好不好啦”幼嫩自然得像个小学生；这种不协调的诡异令我感觉不舒服，又难过；他的年纪与正在服役的侄儿相当，他为什么在这里？

只有四五个病患在大厅，一个男人在看报纸，另一个男人站在窗旁发愣，一位老伯伯坐在轮椅上吊点滴，他们似乎感觉不到我；一位白发奶奶不理正帮她吹干头发的看护要她坐好的指令，扭头直盯着我瞧；我感到不自在，贫乏的常识让我不确定是该漠然，还是该展现热情及和善。一个瘦小女孩在病房与大厅间大踏步来回走着，发出咔咔的声音来，她的嘴唇微启，自上下两排牙齿不断相互敲击；走近我，她故意把嘴巴张大，夸张地对我演奏打击乐，竟是几分得意。

她那么瘦小，走过身旁却让我感到威胁，或许不是因为“威胁”，我只是防卫性自动开启地汗毛竖立。

母亲不在病房。

护理师说上午九点至十一点是OT时间，病患都去OT教室了。

OT？

就是团康活动。她一副“都不做功课”的表情。

我有点委屈。母亲昨天才住进来，我还来不及进入状况。

护理师又说了，病人需要家人多陪伴。

不是请了看护吗？

不是有看护就好了，夜里病人情绪很不稳定。

当然不是“有看护就好了”，可是医院规定只有一张陪病床啊。

我更委屈了。一转念，心中忐忑，母亲是怎样“不稳定”？

2

弟妹打电话来，说母亲突然半夜独自奔出家门在小巷呼叫，不像是做了噩梦，也不像梦游；母亲清醒又真切，说是听到有人唤她，是谁谁来看她了；一会儿又催促弟弟：“队伍要出发了，快，来不及了！”或指着只有她才看得见的这边、那边，“可怜的囝仔，被谁打到叫得好惨，哎呀，怎么躲进我们家了……”或忽然说起过世的娘家、婆家长辈，奇怪这些在世时未曾往来的亲人怎会住在一起？

弟弟连哄带骗，最后勉强架着母亲回家；弟妹说母亲几番挣脱，力气大得吓人。

我心头一凛，莫非先前担心的状况来了？

周遭友人的父母多已迈入老年，常听他们提及面临家中长者失智的问题；母亲两年前诊断出罹患帕金森氏症，加上年岁已高，我即暗自提着心，而今，最不乐见的情况还是发生了……

依友人的经验，交代弟妹暗中自屋内上锁，让母亲无法自行开门，尽量转移母亲的注意力，且不能让母亲离开照顾者的视线。

在往医院的车上，我握住母亲的手，对病状的无知令我衍生种种假设，害怕她可能以各种形式离开我。想象她此时的脑波是一捆绞乱的电线，短路状态的思绪是否会令她联结不起过往与现在？或如损坏的存储器，再也无法修复？

母亲并不如我预想的絮叨或焦躁，或许是前一晚的狂乱让她疲乏了，她安静地坐着，时而望向车外，看似无目的地搜寻；时而微侧，像是有人向她耳语。

我竟畏怯了，不敢探问母亲看到什么、听到什么，害怕母亲的回答会令我无法应对，没有力量驱逐入驻她脑中的魔魅，只能懦弱地握住她的手。

曾考虑让母亲戴上防走失手链，她嫌洗澡洗手戴戴脱脱的，麻烦，又一脸不可思议："笑死人，我怎么会不认得回家的路？"借电视播放的倡导短片，委婉地表达我的担忧，母亲了解了，笑说，粉鸟仔比人聪明，离家再远，它们翻山越岭，就算得飞过太平洋，也不会迷路，一定回得了家。

记得那天午后愉快的下午茶，母女俩研究的结论是：鸽子的头壳内有装雷达。妈妈，你的雷达呢？

"你今日怎有空来，无去上班喔？最近公司生意好吗？"母亲突然问我，一如平日的寻常语气。

我没被 Delete（删除）！这个她钟爱的、不放心的女儿。

瞬时喉咙紧闷，长期以来压抑的心头翻腾……强忍住就要往她怀中扑去的冲动，我听见自己回话说"很好"。是的，妈妈，我很好；半个月前我下了决心离开熟悉的生活环境，我刚刚安顿好自己，包括心情；我不是故意瞒您，等您的病好了，我会让您知道我一个人也会过得好好的，您不要再为我挂心。

医师说母亲是急性精神混乱状况，必须立即住院。这种可能由于细菌感染引发的严重幻听、幻觉，病理上称为“谵妄”。

“瞻忘”？“瞻望”？“张望”？是因为病人会健“忘”吗？是因为病人盼“望”着子女常来相伴吗？是因为幻听幻觉让病人“张望”吗？还是？

医师很有经验地取出小册子《老年常见的精神疾病》，把“谵妄症”圈起，要我自己看。说，先去办住院。

往母亲住院的楼层宛如走迷宫秘径。穿过办理住院手续的行政大楼往住院区，登电梯、上五楼，右转、左弯，志工推着母亲的轮椅前行——安抚了半天她才勉强就座，我看不见母亲的表情，猜想一向胆小的她应该会回望我是否跟上，然而，并没有；T 字岔口，继续前行，记住莫走错了；Z 形曲路一端尚非我们的终点；左一扇、右一扇加护中心大门亦非我们的目的地；再一次搭电梯，所在这栋的五楼竟是另一栋的一楼，我有点明白，一路行来莫非是连接楼与楼的空中回廊？到了四楼，出电梯，一扇管制的电动门等着我们叩敲。母亲思路紊乱的纠结是否亦如这曲曲折折、面临方向选择的小径？在往后的治疗过程中，能理顺这些那些、往左往右的箭头指示，且得以进入吗？

我慌张回望，急急在脑中印刻路径，生怕迷失了……

3

有人出院了，有人住进来。那位老是抱怨妻子不关心他排便不顺的欧吉桑，他的儿子来接他出院，一直陪伴丈夫住院的欧巴桑背一袋又提一包，三个人与我在电梯错身，她好似对儿子也好似对旁人解释，也或许只是自言自语：伊本来每天就都有放屎；咬牙女孩不知几时出院了；“黑杰克”前两天趴在柜台对护理师说他父亲会来接他到母亲家住。新来的洗衣店老板三天两头地被“固定”在轮椅上，犹以脚代轮滑到他认定的地盘驱逐“入侵者”，有一回他被连人带椅地绑在走道扶杆，嘟嘟囔囔地叫着一个女人的名字，护理师说：“你打老婆，她不理你了。”他似乎茫然了，嗫嚅着：“我没有，我没有。”我看着他，脑中尽是电影《明日的记忆》片段，那神情，类如剧中人看着太太被他掷出的烟灰缸砸得头破血流，像似惊愕而清醒、像似莫名而无辜；没有人理会他的喃喃，他一直被搁置在那里，而后，盯着裤裆的水渍从鼠蹊濡湿大腿、自裤管漫出……

类似的神情，母亲的脸上也曾有过。饭后，伴她在病房外来回走动，一串响屁后裤管突然滑出一坨大便！我应该只愣了一秒钟，或许两秒吧，一手拎住母亲的裤头，一手抓紧她吊着点滴的臂膀，朝不到一百米距离的盥洗室艰难移步。看护用餐去了，我得自己来。母亲扶住洗脸台站定，她坚持只是放屁。因为软便剂的药效，粪便大量排出，粪水流向我脚下，狭促的空间涨溢秽气；我笨拙得不知该先强制母亲坐上马桶，还是就任她这样站着解放？拿着莲蓬头徒劳地冲赶粪便，有一股欲哭的情绪……有一天，我也会老，基因的可能，罹患帕金森、失智症的概率在统计上比一般人高出甚多；几日前护理师对一位新进来的病患做测试，要他先记住三件东西的名称，一阵天南地北闲聊后护理师要病患说出这三件东西是什么，病患答不出来，一旁默默自我做测试的我也只记得“香蕉、脚踏车”，还有一件是什么呢？是什么呢？竭尽脑力搜索不出的焦虑令我强烈沮丧；眼前的母亲是一面镜子，让我预见二十年、三十年后一个老年的自己，一个妈妈牵挂的我……

看护帮母亲包上尿布，这是母亲清醒时的防御线，在她还很健康时曾感叹某些长辈被穿上尿布，她认为那象征真的“老了”。母亲任由看护摆弄，神情木然，我不忍与她的眼神接触，母亲是否和我一样感到挫折？

回到家很晚了，东一堆、西一摞等待整理的衣物、书籍，还有尚未拆箱的什物；清出一方桌面，打开在路上买的饭盒，举箸间不觉一滴水珠滑下，悬在鼻头……

拧面巾，擦把脸。饭菜已凉。

第三周，随着药剂的调整、减量及院方规律的作息，母亲的肢体不再呆滞，思路的仪表修复、定位，重返航道，对于迷航那段时日的种种，不复记忆。不复记忆，是我自己猜测，母亲未曾再提及之前的幻听、幻觉，我更不欲提起。在教导家属了解病症及出院后照护的课程中，一位家属看了短片的案例后，红了眼眶，他说在其父亲住院后他才猛然明白，原来父亲不是故意与家人作对，“爸爸是生病了，我还怪他，说他莫名其妙”，厚镜片掩护下的眼睛不断眨动，男子重复折叠又铺开纸张，似乎借此舒缓情绪；教室里其他人沉默依然。我想，并非每个照顾者都愿意坦然面对，有时清醒者较之妄言妄行的病人更显挣扎。

母亲一梦四十天。第四周，她开始问我“几时可以回家？”OT时间她很快地拼好六十片、一百片的拼图，很快地彩绘好一张图，以证明她“没问题”，可惜的是，她还是没耐性上静态课程，宁可选择骑三十分钟脚踏车，因为“不必动脑筋”。

她想回家。鸽子的雷达启动了。

“我又没生病。”母亲见我虚应她，干脆在医师巡房时直接提出。

“你没生病怎么会在医院？”医师见多了这种情况吧，轻松打趣。

“我不记得了。”母亲答得十分正经。

忘了？我想，也好。

作者简介：

廖淑华（生于 1959 年）

作家

台湾省云林县人。

曾获梁实秋文学奖散文创作类优等奖、怀恩文学奖社会组首奖，现任台北市阅读写作协会秘书长，并担任写作班老师。

著有小说集《唐棉》，散文集《鹭鸶飞入山》。

CHAPTER 4 • 驻足

童年，纯真的约定

我相信若众神闲聊，童年必是最多的话题，因为在过了那个纯真年代以后，他们发觉世界上纯真者并不多见。

灶 文 / 简媜

灶是什么？是累积的一方母者的爱

缕缕炊烟啊！让你想起什么？让我想起阿母，阿母的春夏秋冬、阿母的从早到晚，让我想起灶。

而灶啊！又让你想起什么？

一处小农村。远处有山，近的是蜿蜒在稻田与小石路相接处的河流。那是用来灌溉的，在宜兰多雨的气候下，总是四季有水。稻田是一望无际的，春天耕种，夏末收割，秋初再种。冬天的时候，又可以收藏了。这样循环着，谁也不知道经过了多少代，反正从最初那位举起第一锄的老祖宗开始，这事业就被传下了。是注定要用子子孙孙的汗水去延续、去肥沃每一颗埋在泥里的种子的。田里的活儿，真是终年干不完。除了四时的几桩大事，割稻、插秧……常常是全家出动，站得满田里热热闹闹的之外，就是平日，田埂上也不乏几位面孔黝黑的、卷着裤管、荷着锄的老农在徘徊。那是一种牵肠挂肚的关心与照顾，让他们的脚步不由自主地踏在田埂上。或是捡田里的石块，或是割田埂上的蔓草，或是巡一巡田水，或是蹲在一旁，静静地想着今夏该是怎样的丰收！

一望无际的稻田之上，除了天空、飞鸟、孤立的电线杆外，还有弯曲的小石路。路的尽头是密密的、长着苔的竹篁。竹篁里，是三两家老旧的农舍、水泥地的晒谷场、一排花墙。更常见的是，到处乱走乱栖的鸡鸭，以及搭在树枝上的竹竿，竹竿上的大大小小的蒸发着每一天的母爱的衣服。当然，我们不可以忘了那些吵得要掀了天皮的小人儿，如果天有皮的话。小男孩们拿着竹条儿当作剑，打打杀杀的。小女生们，有背着娃儿的，捏着红砖块、黑木炭，跪在地上，专心地画画；也有到处捡破碗，准备办一桌家家酒的。总之，整天吵吵闹闹的全是声音。

上了台阶，看见门上贴了春联，心里就有一丝温暖的基础。屋子里的设备也许很简单，一进大门是庄严仁慈的神像图和祖先的牌位。一张供桌、几把竹椅。再往前进，也许是饭桌和四条长板凳。

桌上还放着装了一餐饭的铝锅，旁边是小茶几，放着搁碗筷的竹盆。板凳上说不定还粘着几粒白饭粒，桌子上还有着菜的余香。空气里尽是暖暖的味道。转个身，是一个门口，里面暗些，掀起珠帘子走进去，可以好好瞧瞧那厨房的模样、那灶的模样。

靠着墙壁，是老祖母时代的嫁妆衣橱。现在不管用了，就搁在这儿放剩菜、碟盘之类的及一些调味料。橱的旁边放了一块木板，用来隔着烧火的稻草、木柴，等等，整齐地堆着。还用两根干竹撑住屋顶，免得柴草散了下来。再来是一只大木盒装着满满的粗糠（稻壳），黄色的，很轻，抓起来往灶口送，最能助火了。厨房里惹眼的，当然是那口灶。红砖头叠成的，类似长形。一个灶门，三处安铁锅的半圆形洞口。一大一小，另一处在最后，常放上冷水，让柴草的余火随时温着。灶边的墙壁上，常挂着饭筛子、蒸菜用的蒸板，偶尔也把锅盖挂在上面。烟囱是穿过屋顶通在外面的一条圆管。谁家煮饭，谁家的烟囱就冒烟，从古早时代就是这款道理的。

小孩子年纪，每逢阿母煮饭，就冲到厨房里喊饿，催阿母快些煮。自己拿起灶上的东西乱玩一通，一会儿把铲子碰到草灰里，一会儿“乒乒乓乓”敲得锅盖又动又翻。阿母满脸的怒容，拦下手边的工作，屁股上打几下再说，小孩儿一把鼻涕一把眼泪地哭出去了。等到锅盖一掀，白茫茫的水蒸气直冒，一股熟软的饭香闻得更加饿了，小孩儿哪里还记得哭？匆匆拿着碗筷，等阿母把饭盛起来，洒些酱油就努力地划着饭，弄得满襟上全沾着饭粒也不管，好似几十天没吃饭一样，吃完了饭，碗往灶上一放，又匆匆跑出去玩了。

长大些，阿母煮饭的时候，就一旁帮着看火。稻草、粗糠，塞得黑压压的，把灶门一关，兀自拿起柴刀劈柴。阿母从井边洗菜回来，见锅盖冷冷，没一点声音，就知道怎么回事了。抽根竹条儿开了灶门，又是拉又是搅，来来回回转几次，再猛猛地吹一口气，关了灶门，不一会儿就“轰”的一声着了起来。她说要先将灶里面的草灰弄干净才能点火，否则太挤了，火烧不旺。阿母的本领真大，随时控制火势。我总是没办法让火往第二锅跑，往往头一锅滚得沸腾时，第二锅仍旧是一声不响。阿母随便丢几根柴、几把粗糠，一会儿就听见第二锅的油“嗞嗞”地吼着。放了菜，铲子炒几下，又是一盘香。

碰到番薯收成的时候，小孩子们最喜欢抢看火的工作，背地里藏了番薯，趁阿母不注意的时候扔了进去。然后拼命把稻草往里面塞，也不管锅子里是不是在烧东西。当然，阿母总是一眼就看出的，轰了出去，夹出五个偌大的番薯，外带几声骂。她说灶口塞满番薯，就像人嘴里塞着饭菜，说不出话来。小孩子还是很聪明的，煮饭前就把番薯藏在灶里，这次要拣个小一点的，免得又被弄出来。如果幸运些，不用多久就可以吃到香死人的烤番薯；如果太不幸，弟弟妹妹们又都不约而同地塞的话，免不了又要被嘀咕一番。当然，阿母有时候还是会装作没看见的。

八九岁的时候，渐渐地就熟稔了厨房的工作。其实做母亲的也不曾刻意去教，总是自自然然就会，也许就是女孩子共有的天赋吧！当一个八岁的小女孩，在母亲出门的中午，量米、洗米，站在矮凳子上洗铁锅，用竹竿撑下锅盖，拿着火柴点燃稻草时，她那母性的温柔，已经开始成长了。

也许煮出来的，是太烂的一锅饭，炒的是黄黄的一盘青菜，母亲都会面露喜色地赞美一番。这对小女孩而言，是多大的鼓舞呀！

她会试着捉住父亲的口味，把饭煮得软硬恰到好处。当父亲无意间说她煮的饭比母亲煮的还要好吃时，小小心灵，已经爱上了那口灶。

当然，女孩也有讨厌煮饭的时候，比如爱看故事书，一面煮饭一面看，看到入迷的时候，哪有时间去瞧瞧灶里的火是不是熄了。心里真是讨厌为什么每天要吃那么多次饭。到最后，干脆饭也不煮了，不饿嘛！找个隐匿的地方躲起来，专心看个够，阿嬷、阿母到处喊、到处叫，硬是装作没听见。等到晚上发觉肚子真有点叽里咕噜地叫，偷偷溜回去，阿爸骂、阿母骂、阿嬷也骂，盛着一碗饭，噙着泪水，哪里还吃得下？蹲在灶前，好委屈地哭。

过年过节的时候，最忙碌的地方是厨房。从端午节的粽子、七月半的糕仔，到过年的甜糕、发糕、菜头糕、包仔糕、红龟糕、黑草仔糕……统统从灶上弄出来。阿嬷是做糕的能手。凌晨三点的钟声才打过，烟囱就开始冒烟了。女孩子都被叫起来帮忙。阿嬷把生的粉团放在密密的竹箩上，用力地揉来揉去，她说揉得匀了，做出来的糕仔才好吃。这是阿嬷的阿母教她的。阿母教女孩子用两片竹叶把按了豆沙馅的糕包起来。她说要记得在叶子上擦一点火油，否则吃的时候，叶子会撕不下来。大概是阿母的阿母教她的吧！

每次大扫除的时候，阿母都会再三交代，不可以站在灶上洗墙壁。问她为什么阿爸可以站在上面？她说阿爸是男的。为什么男的可以，女的不可以？她说女孩子“有耳没嘴”问那么多做什么。灶爷公的头上岂是可以随便站的？阿母连一件女性的衣裳都不曾放在锅盖上烘干过。令我诧异的是，阿嬷也这么认为。也许她们同我一般年纪的时候，也曾问过这些问题。也许有一天，我也会了解她们那充满尊敬与感谢的眼神。

每年的除夕，是小村子最热闹的时候。厨房里从早忙到晚，三只锅子没休息的时刻。一会儿烧开水烫鸡鸭，好拔毛。水井边大人小孩围在一起，嘻嘻哈哈地一面拔鸡毛、鸭毛，一面闹。一会儿又得烧热水，叫孩子们彻彻底底地洗个澡。灶前面哥哥吵着要先洗，弟弟也要洗，妥协的结果是一起洗。门前小路上，脚踏车、摩托车来来往往，办年货的、赶着回家的，络绎不绝。这边水井旁的老婆子媳妇们，扯开了喉咙在招呼。远远的路那一边走着两三个提着大包小包的，八成是从台北回来过年的，这边的老婆子、媳妇免不了要眯着眼，左瞧瞧右瞧瞧，猜老半天是谁家的女儿。阿母总是最忙的，进进出出地，烫“长年菜”、卤蛋和肉，做甜菜头……准备佳肴。阿嬷忙着摆上祭品，在贴上春联的时候，虔诚地上香祝祷。看到灶前壁上贴着红新新的“司命灶君”，看到阿母忙着的模样，心里总有许多感触，一种掺着感谢与感动的温暖。

午夜饭后，阿母又得把厨房的所有用具全部清洗。因为正月初一的早上依例是要吃素的，不能有一点点油渍。我见到阿母用棕刷用力地刷着灶，把灰黑色的砖头刷成了暗红，那黑漆漆的铁锅也洗得闪着光，连烟囱都擦得发亮。阿母辛勤的背影，和那口逐渐洁净的灶，在昏黄的灯下，相互交织着，让我极为感动，只有女人才懂女人吧！

我想，我无法描述阿母手拿三炷清香，对着大灶膜拜时那一脸虔诚与满足的神情，她深深地鞠躬一拜、再拜，袅袅的烟在灶前缭绕，然后缓缓地从窗口散去，也许是将阿母的谢意与祝祷翳入天听——感谢灶爷公一年来的热烈照顾，让孩子们一年一年地长大，让全家都健康、平安。我总是暗暗在想，灶是什么？是阿母的希望？

是阿母溢着微笑的眼？是的，是的，是累积的一方母者的爱，我相信。

村子里有人娶媳妇的时候，几乎全村的人都会去喝喜酒。于是最忙碌、最喜气的地方，还是厨房。大师傅又是叮咛又是嘱咐，看家本领全都使出来，灶里噼啪响的木柴烧得正旺，那声音不比一长串的鞭炮声小。鼎沸的呼呼水声仿佛要把锅盖冲翻了。那大师傅嘴里叼着烟斗，手里正举着刀切鸡，还咿咿呜呜地品头论足说新娘子怎样又怎样，那灶仿佛正细细地听，知道明天开始就有一双勤劳的手，伴它一起煮饭、切菜，不禁高兴地沸腾起来了。

每一个做母亲的，都会叮咛要出嫁的女儿，去熟悉那灶的习性，把厨房安置得井井有条；为人媳妇、为人妻子、为人母亲的道理，有时候可以从与灶的朝夕相处中获得启示，夫妻夫妻，少不了要柴米油盐。

于是我自自然然地想起邻厝的那对夫妻。她很亲切，脸上常挂着笑，很传统的一位女子，有着中国女人的美与温和。而他，粗犷中带着孩子性，爽朗、坦诚。在工地挑石子，家里还耘着几分田。

一天傍晚，我进了她家，她正背着小娃儿在煮饭。很可爱的小男孩，头歪在她的肩上沉沉地睡着，嘴里还淌着口水。我坐在灶前帮她看火，她捡着一畚箕的四季豆，还折了些空心菜，菜上沾着泥，还没洗。后门的鸡寮突然一阵骚动，他回来了。问了一声，还在煮啊？她说孩子老是哄不睡，背上肩，才刚睡着。他看到我，直说不好意思烦了我，拿着“稻草”引开了灶门，就往里面塞。她说，没关系让阿敏媜看着好了，你把菜拿到井边洗一洗，油快热了。他拿着菜出去，不一会儿就端着一脸盆的菜回来。她笑着骂，到底洗净了没？吃坏了肚子，我可不睬。他说，你自己呢，上次那盘青菜，让我夹出一条青虫，这么大的，他向我比一比小指，肥肥的……还没说完，他的小腿已经被踢了一下；黑白讲，你不要听他黑白讲。谁说我黑白讲，不信的话，阿敏媜你晚上在我家吃饭，那盘空心菜包管又可以挑出一两条这样子的……“哈哈，叔仔，今晚的菜是你洗的咧！”他百口莫辩地笑了，她笑得连菜里放了盐没都忘了。她解下孩子，让他抱到床上睡。他脸上扭扭曲曲，嘴巴吱吱叽叽地逗孩子玩，一种做父亲的过度喜悦竟让他忘了孩子正睡得香酣呢！一会儿，他拿起剩饭要掺些粗糠去喂鸭，我跟他说，粗糠烧完了。他嘀咕着怎么不早讲，不然今晚下工可以到碾米厂去载几布袋回来。她说，你今天在二结工作，从砂港回来，没顺路呀。他说，有什么关系，踩车子很快。说着，从谷仓里拎出几个空布袋，往后门出去牵车子了。她走到门口对着外边喊：别起猾（台湾话，指引人愤怒的事）了，快要吃晚饭，明天我去碾米，用手拉车载，恐怕还不止两三包哩。他回过头说，碾米等我下工后再去，现在先拿些回来，你明天煮饭要烧，喂鸭也要掺些。我站起告诉她要回家了，她叫他顺便载我。隔老远了，还传来她的吩咐，早些回来，不要菜冷饭冷的……我在路口下了车，弯进小路去，她那娇娇的声音、他那愉快的口哨声和在傍晚的黑暗中拘着身体猛力向前踏的影子，总是难忘，夫妻夫妻，少不了柴米油盐。

灶，是老祖宗们传下来的一座最重感情的建筑。堆砌的红砖头也曾新过，只是燃了多少季的木柴、粗糠，才累积成那款出色的容颜。曾经是嗷嗷待哺的娃儿，曾经是牙牙学语的稚童，多少岁月的流转，多少灶前的辛勤，换来生命的成长与茁壮。有娶了媳妇的，有嫁为人妻的……又是一代。做母亲的闪着泪光紧紧握着披着嫁裳的女儿，不曾说什么，只是紧紧地握着，那粗糙的双手已经以最神圣的方式把母亲心中的那座灶传给了女儿，总有一天，女儿也会将它传给她的女儿……一种属于母亲的骄傲与责任，只有灶才能诠注、才能分享。那灶里熊熊的火焰，正是母亲不熄的热爱。母亲的笑、母亲的泪、母亲的汗水与感叹，都曾洒在灶上。而灶，仍旧是默默地承受，仍旧是一年到头，燃着缕缕的炊烟。于是，一座灶，沾着数不尽的母爱，从古老古老的那一代传了下来。

于是，炊烟，总是从早到晚，一齐从每一家的竹丛里溢了出来。

属于女人的，柴米油盐的人生，也在灶口前燃尽。

作者简介：

简媜（生于1961年）

作家

出生于台湾省宜兰县，本名简敏媜。毕业于台湾大学中文系。

其创作多元奇变，题材从乡土、亲情、女性、教育、爱情，到城乡变异、社会观察、家国历史、生老病死，自成一格。

曾获梁实秋文学奖、时报文学奖、台北文学奖、金鼎奖优良图书推荐及最佳文学类图书奖等，并五度获联合报读书人好书奖，两度获金石堂年度风云人物、台积电文教基金会“2017 青年最爱作家”，2018 年获“当代台湾十大散文家”称号。

著有《女儿红》《红婴仔》《天涯海角》《老师的十二样见面礼》《吃朋友》《谁在银闪闪的地方，等你》《我为你洒下月光》《陪我散步吧》等二十二部散文集。

天神的戏台 文 / 吴钧尧

大家相聚共饮的这一餐，
虽仅一餐，
却让这一餐的意义有了延伸

小时候生活苦，吃地瓜粥、配酱菜，佐母亲自己腌制的螃蟹，草草吞咽就是一餐。逢初一、十五，以及特殊节庆如七夕、端午、清明等，平淡的生活随着隆重的习俗，让生活稍稍染色。染淡淡的红色。如胭脂。我尤其记得七夕。傍晚时，板凳两排放门口，终有肉品祭祀，猪肉炖蛋、四季豆炒肉片等。母亲上金城买七仙子纸偶，摆在菜肴前。

隆重些，七仙子还有纸房屋可住，我常弯腰看，七仙子是否真有七位，看她们谁更美些。当然，最漂亮的那尊就是七仙女了。祭祀后，还有一个我念念不忘的习俗是掷胭脂上三合院屋顶，母亲说，那是让七仙女妆美的。我把胭脂扔了上去，八岁、九岁，直到十二岁。搬迁台湾以后，没有屋顶可掷，渐渐地，家里不再祭拜七娘妈。

每想起这个中断的习俗，我常惆怅无比。少了母亲的祭祀，七娘妈在无垠宇宙，可安好如昨？还有胭脂可抹吗？渐长，渐发现民间习俗，充满人与神的悲悯。无论如何，七娘妈都已经是神了，但人间仍心疼七仙女与牛郎一年仅一会。我们看着神苦，人心跟着痛，而怜惜地祭祀。小时候少理会这些，但在七夕那晚，我睡枕庭院，遥看喜鹊连接成桥，会有一颗星是母亲的慈悲，会有一颗，是我投出的胭脂吗？

有许多次，我架楼梯，上屋子，蹑手蹑脚爬上屋顶，找寻胭脂。有几块还在，但数量总是不对。二伯母看到了嚷着说，爬那么高做什么？踩破屋瓦就糟糕。二伯母嗓门大极了，为了不让她继续喊，我赶紧下楼。幸好，二伯母没问我爬高做什么去。

祭祀过后，好菜上桌，生活才暂离酱菜与清粥。

苦日子里，少数称得上好日子的，不是人间大事，就是与神有关。

如结婚。通常是新郎亲自送糖果到家里来。一个巴掌大小的塑胶袋，装满糖，夹一张红色喜讯。不久后，喜帖来了。孩童如我辈，不懂得欣赏其他美食，只知道炸鸡腿好吃，并不断地盛着一碗碗甜汤，仿佛利用喜宴，一次补足对甜食的渴望。结婚是后裔延续的起点，自当庆贺，而人寿终，也是喜事。记得小学翁姓同学阿嬷过世，出殡后，于村内广场摆筵席，我没抚慰同学，而专注吃喝，隔天在学校碰到同学，羞愧不已。三十年后，我回返榜林，送外婆最后一程，不免俗地，摆流水席，村民与亲友八方来，共享外婆遗爱。顿然觉得高寿终，犹如喜事，一餐不过个把小时，装填入胃的，不过区区斤数，大家相聚共饮的这一餐，虽仅一餐，却让这一餐的意义有了延伸。

人生大事外，长长的苦日子中，我们必须透过神，才暂得不苦。初一、十五过于家常，未必能够加菜慰藉，而必须寄望庙会跟祭祀。昔果山做醮是村内大事。家家户户于庙前摆上自家板凳，摆满鸡、鸭、鱼。村落不过数十户，数十条板凳的祭祀，终让鸡、鸭、鱼等，蔚为喜色大海。为搭建戏台，供歌仔戏与布袋戏演出，做醮期间，村民拆了大门，搭建戏台。没有大门，我们虔诚迎神，无论是《樊梨花移山倒海》，还是《薛丁山征西》，众神与村民聚精会神，相偕看戏。神闻万家香，人尝人间味，天地一方，在燃不尽的三炷香中，各司其职。村民郑重地拆解戏台，我们迎回自己的门。这扇门，曾为天神的戏台。

我参加过规模最大的迎神祭祀，莫过于迎城隍了。二姑妈嫁于后浦，我与爷爷常访。有个笑话她熟记多年。我与爷爷做客，姑妈粗心，忘了添厚被，我与爷爷两人，半夜冻醒，裹着薄被发抖。姑妈笑说，怎不赶快跟她说呢？半夜了，我年纪小，不好意思吵醒她与姑丈；爷爷年长，心想忍耐点，天就亮，女儿跟女婿隔天还要上班，让他们好好睡。三十几年后，二姑在住家开杂货店，兼营小吃，赚不了什么钱，只是找些事，让自己忙。我想起以前与爷爷来，他们叙旧时，我无事可做，常坐在门口外的防空洞顶上，望街前一长排竹林，清风来，绿意摇，我寻着、看着，感到一片清凉。

姑妈喃喃推算，爷爷已走了三十余年，那一年迎城隍，便是我与爷爷最后一次相偕迎神。

后浦城隍并非金门先贤，而是宋仁宗宝元年间的进士苏缄。宋神宗熙宁年间，苏缄任云南邕州知州，南方的交趾入侵，苏缄率军民固守，不久城破，苏缄阖家自焚而死。宋神宗感于苏缄奋战而亡，谥号“忠勇”。后来，交趾再攻入桂州，宋军不敌，节节败退之际，却见大批宋军兵马一波波涌进战场，兵士边杀敌边喊“苏城隍督兵来报仇”，一举打败交趾。苏缄，宋朝人，其忠义，过千山、渡时空，来金门当神，人间的英勇，却有着神界的威望。

小时候不知典故，耽于热闹。然记忆有其甜、有其缺，长大的我才慢慢跟上，填补年少的不知。我手持汽水、糖葫芦，与爷爷站马路边，看着神驾，以及七爷、八爷经过。信徒焚香，鞭炮声阵阵响，硝烟如雾，不迷视途，而捎讯息给天庭。

一年前冬天，我即盘算返乡迎城隍。趁早订票，适时安排住宿。晚上安步莒光路，艺人歌演热闹掀场，城隍庙内，信众与旅客早聚集，各地阵头纷纷亮相。迎城隍成为金门重点民俗，政府与民间合心，递传承，也传新意。今晚，漳州、福州，连武当山的神，俱会神金门，我好奇在我看不见的、听不着的夜空，众神纷纷叙旧。聊前尘、谈今事，回忆旧时光，以及更旧的时光。也许，还聊到当他们还不是神的年代，秦汉魏晋、宋元明清，他们安于一个农村或者一座城市，也祭祀天公伯仔与七娘妈。**我相信若众神闲聊，童年必是最多的话题，因为在过了那个纯真年代以后，他们发觉世界上纯真者并不多见。苏缄与众神，为了人间留一炷纯真，所以我们得举香过顶，承认人间与人心，终有一点不足。**

我与爷爷迎城隍后，随即返家，祭祀后有无办桌宴客，就不知道了。我背相机，尾随阵头而走。居民于门前设香烛迎驾，观光客则如我，拍神，也拍心中有神的人。

我认出当年与爷爷的站立处，正是民生路，斜对县政府的巷子。我停下来，不再拍照，退到红砖道上，静静站立。我不禁头晕。

因为，我闭上眼睛。

闭上眼。我便看不到阵头来自哪里。我听到鞭炮声，听到孩童高声喊七爷、八爷，我听到汽水啵地打开了。我听到爷爷的咳嗽。我听到在爷爷咳嗽的间断中，有一个细细的声音，来自很后头、很后头的地方。我听出来，那是我很小的时候，父母亲、爷爷跟奶奶，为我燃香众神，低声祈祷。我微睁眼睛，却只注意着，有哪些好菜。七仙子在她们的纸庙中，瞅见我的糗态。难怪我打量着她们谁更美时，她们都抿嘴而笑了。

它们，同时也是她们跟他们。

虽然，那不过是薄薄的胭脂或轻轻的几炷香。

我再尾随神驾而走。回头拍了一张与爷爷站立的巷口。停格中，信众脸朝右。不远处，神就要来了。

作者简介：

吴钧尧（生于 1967 年）

作家

金门县人，出版过很多描写金门风物的作品，被视为书写金门代表人物之一。

曾获金鼎奖、《联合报》小说奖、梁实秋文学奖等奖项，现专职写作，执笔两岸等华文传媒专栏。

著有小说《火殇世纪》《金门》《如果我在那里》，散文集《热地图》《一百击》等。

断线 文 / 吴钧尧

人生当中或多或少都会有一个谜一般、雾一样的时间

三十年前在金门、二十年前在三重，兄弟三人还睡一张床，还在一个屋檐下。

三十年前在金门，哥哥十六岁，我十二，弟弟十岁。金门昔果山，三合院厢房里，一张双人床不止睡了我们兄弟，最多的时候，还挤了三个姐姐。弟弟有时跟父母亲同屋，有一天早晨，我盥洗后找弟弟。母亲偏头坐在化妆台前梳发，弟弟呢？还熟睡，不仰脸或侧身，而匍匐着，屁股翘得高高的，双手枕脸。我跟母亲相视一笑。我搔弟弟屁股，他手一挥，像牛拿尾巴驱赶苍蝇，再捏他鼻子，他一口气吸不过来，终于醒了。我跟母亲哈哈大笑，他却不知所以然。

最早是大姐、二姐，然后是三姐，渡海离家，在南崁加工区

上班。当时，离家赴台上班挣钱，是现实跟时尚，也是一种幸福，姐姐们蒙在前程似锦的假象里，在塑料花的产品线里匆匆结束她们的童年。姐姐们在每年农历过年前，搭舰艇返家。1971年，只赖信件往返，告知航班，船开或迟开，得看风浪，我常跑到屋后空军宿舍边，望恢恢大海，找寻讯息。海平线不是一条线，更像一个洞穴，那里有一扇天方夜谭里的巨大石门，得试上各种密语，才找得到钥匙。

不止我一个人望着海，有时候是一大群人。那簇拥的样子、那焦虑却佯装无事的样子、那虔诚如举香顶礼的样子，让我们簇拥的模样越来越小，而海以及未知的命运越来越大。有船舰从洞穴释放出来了，越来越大，如果是货轮，村人难掩失望；若是军舰，村人说："是啦，就是那艘船，他们要回来了。"村人各自回家，时刻留意门外动静。

姐姐们返家，跟军舰从高雄港出发的时间一样，变化不定。有一回，姐姐上午回家时，我正挑着两麻袋落叶当柴火。二姐迎面走来，我喜出望外，二姐接过我的担子，她的神情我记得清清楚楚，那是说辛苦了，留在家乡的弟弟。不多时，姐姐们再起航料罗湾，回南崁上班。几年后，大哥到台湾学车床，家里只剩下父亲、母亲、我跟弟弟。已忘记大哥离乡那几年，谁来早起喂鸡鸭，且煨暖猪饲料，料是母亲一人扛做了。若记忆是一只口袋，肯定有了漏洞，当年我未满十二、弟弟不满十岁，父亲趁远洋捕鱼之余，才得耕田锄草、播种收割，家里的田却一块也没荒过，玉米、花生、高粱、地瓜，依然丰收，一家人劳作的力量远超乎我的想象。

我对大哥离家，要比姐姐们让我感受更深。从小，大哥就护着我，我也随他犁田、播种跟耙草。大哥从小就肩负持家任务，能在寒风冻裂脸颊的冬天克服温暖的被窝，快速升灶起火，炒一盘香喷喷的猪油炒饭；他手臂不比初生的玉米穗粗，却能持犁驭牛翻田。我童年有很大的一部分跟大哥相随，直到他离家，看不到大哥的背影后，弟弟才真正成为我的弟弟。

1996 年夏天，我跟弟弟两家七口相偕回乡，我问他，可记得有一次上学途中，他闹肚疼，蹲地上，他的同学拜托士兵载他上医院？弟弟身为当事人，却忘了。我能牢牢记得，是因为我并没有陪他蹲在旁边，也没陪他就诊。那是在中午，返家午餐后再到校上课，我认为，弟弟得忍耐住小小的病痛。我会这么想，是从小养成的习惯，在战地成长，没有熬病跟忍痛的韧劲是不行的。弟弟蹲在渠道上的身影慢慢变小，我转弯，绕进校园时，还确信弟弟能够自己站起来，走到学校。他没能站起来，也没有记住这段往事，反倒是马路边那团黑点像一滴遇热后熔化的柏油，我没有记忆的酒精，挥发这一段往事。

几年后，父亲、母亲、我跟弟弟，踏上金门人的共同迁徙路线，上军舰，登陆高雄港，搭柴油火车一路鼓噪北上，落脚三重。我读初一，弟弟读小学五年级。而今，我的孩子也读小学五年级了，我每天仍习惯牵他的手，过几个车流较大的路口，才放心让他自己走。而当时，我却忽略弟弟只是十岁大的孩童。若说，十二岁的天空是太低矮了，不足以看护十岁的云，那么，三十岁、四十岁呢？

我在十二岁那年，发现了弟弟，但几年后，却再度遗失。

手足间，若没有吵架、玩闹，就没了真正的情谊。大哥跟我玩闹，把我压在木麻黄树根下呵痒。他闹、我笑，他没罢手，最后，我哭了。这一哭仿佛成就了不可磨灭的意义，成为我跟大哥交集的往事。迁台后，姐姐们跟大哥多在假日返家，但他们已过了玩耍的年纪，我没有选择似的，跟弟弟玩在一块。嬉闹的空间从金门的乡野变成了客厅和房间，不再有蝴蝶可扑、没有蝉可以抓，更找不到任何一株相思树可以爬树干、摇枝丫、甩落栖息树上的金龟子。

我们骑马打仗，钻进被窝里闹，假日则相偕到小学操场打棒球。差距两岁，吵架难免，一次为了争看电视，我跟弟弟扭打。在金门读小学，学过微末的跆拳道，我推开弟弟挥拳砍劈，仍占不到上风时，只好飞腿攻击。很多年后，弟弟的两个女儿已长到会吵架的年龄时，我跟她们说：“你阿爸小时候跟阿伯打架，竟说打架不得用腿。”她们忘了跟我打架的是她们的爸爸，都说：“打架还有规定啊，真好笑。”

弟弟升初中后，投考军校。对弟弟从军这事，我可曾宽慰、了解？而今思索，像望进时间的大雾，不仅弟弟迷失了，我也迷失在雪茫茫的雾色中。若说，人生当中或多或少都有一个谜一般、雾一样的时间，初中岁月对我，即是如此。我迷失在乡愁里，且不知未来走去何方，傻傻地过每一天，一有零钱、闲暇，都赶往漫画店报到。

不过，却有一条路线明明白白属于我跟弟弟的。那是假日，我跟弟弟从三重住处，过三和路、接自强路、转正义北路到天南戏院，度过好几个下午。这一条路，代表兄弟俩对城市繁华的初度认识；这一条路，我现在每回走过，时间之线就起了棉球，我又看到弟弟那缺乏思索跟快乐洋溢的一张脸。

高中联招考场在西松初中，陪我考试的是弟弟。不知道他怎么度过那无聊漫长的两天？当我与数学、语文、英语、地理、历史等学科对抗时，弟弟是怎么对抗那一格一格的寂寥，而能在有限的下课时间，仍一派天真、仍饶富兴致？不可思议的是，我在弟弟高中应试时，却因学校联谊而缺席了。高中毕业后，大哥在新庄谋职，住在家里，我则选择提前入伍。偶尔放假回家，与大哥同屋，弟弟拥有他自己的房间。

有一次提前在周五返家，未开门，门后就喧哗阵阵，打开门一看，弟弟跟同学七八人，在家里打麻将。我怒喝：“都给我滚！”不一会儿，弟弟的同学走得干净，客厅内只余弟弟，跟他羞愧、涨红的脸。这是我第一次动用哥哥的权威，我没在往后的日子使用过，也不知道那权威在今日，还存在否？但这事件告诉我，弟弟已独自孕育他的人际——一个完整如我、自私如我的世界。

服兵役、上大学，跟弟弟的交集渐少。父母亲为大哥买了房子，我大学毕业，跟哥嫂同住，也就近购屋，兄弟各自成家，姐姐们远嫁，再难像童年那样聚首。人间的聚、离，竟匆匆完成。

兄弟再同寝，却在外婆出殡时，一起下榻饭店。这也是兄弟三人，三十年后同在金门。丧事后，回返旧居，远远看到屋顶上几名工人铺设屋瓦。父亲说过，屋梁白蚁蛀蚀，非换不可。门、窗、地板，随之更换，看似焕然一新，实却面目全非。工人为方便拆卸屋瓦，砍了屋后的木麻黄。它的树干长得粗实，得两人才能环抱。屋顶少了树荫，屋内添上新漆，像个秃子，染了皮肤病。侧门的防空洞已经掩埋，后头的猪舍废弃多时，再过去的林子依旧蝉响，却没有够高的竹竿能够着它们。树林却蔓延到路上，林内蓊郁，蜘蛛网密布，我望见童年在里头穿梭玩乐，却走不进去寻旧。

前一晚，兄弟三人也没多余的话。我问弟弟，可记得有一年元宵节，我、他跟堂妹，在外婆家盘桓多日，三个人跟外婆挤一张床，三个人未回昔果山跟榜林村，步伐小、马路长，走得久久才到。弟弟想了一下，摇摇头，宽慰自己说，隔那么久，哪能记得？

金门的路开得多，回乡路也跟着变多，然而，两家七口同游金门时，还得赖地图指南。弟媳妇调侃说，你们不是金门人吗，怎么都不认识路？我跟弟弟只能干笑，额头冒汗。

不过，真有那么一天，弟弟不识得回家的路。那晚，弟媳妇来电，请我一起到中山北路，接喝得烂醉的弟弟。找到弟弟时，他已被店家赶到门口，几名警察环伺周遭，像伺候弟弟抽烟，实则监看着。弟媳妇在车上说，他到内湖参加同事的餐宴，不知后来如何续摊，进了酒店。同僚怎么离他而去的细节，弟弟事后也说不清楚。

警察跟弟媳妇说："喝醉了，怎么拉都不走。"我下车，拉他走。

警察这时问:“这是你的什么?”弟弟说:“这是咱大仔。”弟弟没醉，还能辨识我，他尾随我走几步，却不愿意上车，反向对街走。问他去哪儿，他说回家。

“这不是你的家，你回哪儿呢?”

“谁说不是，我家明明就在这里。”

我索性拉他走向对街，找门牌证明。他是醒了半秒或一秒，还是不愿意僵在自己的错误里，终于随我上车。进大楼车库，开车门，扶他进屋。这是我第二次到他的屋子，十年前还崭新亮洁，现今却多杂物，以及两个女儿。扶他上床，脱掉他的上衣，拉下牛仔裤拉链，扯裤脚，脱下裤子。床上躺着只着内裤的弟弟，同时也是一个女人的丈夫跟两个女儿的爸爸。

但在那一刻，我像是刚刚发现，我有一个弟弟。

弟弟家在三重永福街，搭出租车，十分钟可回我家。几个转弯，车子上三和路，等过红灯。车子一启动，我疲惫地往后仰。我意识到自己睡着了，也因为这样的意识而惊醒。我愣愣看着街景，好一会儿，才想起我为何在这里。车子还在三和路，司机没绕远路，按我指使的开往仁爱街。刚刚睡了多久，三秒或五秒？在这一刹那，我睡得精熟，仿佛切断我跟这一夜以及这一生所有的联系。

车子停妥在五华街巷口，往前走，就到家了。

家，停在黑暗的海洋上，它居然就流动了起来。

石榴街巷 文 / 徐国能

我们总是还来不及为今日的现象定位，
便已马上成为陈迹

董桥先生的新书《心中石榴又红了》中，有一篇提起了郑振铎父子过石榴节的往事，细腻温润，母亲读了，想起了以前宅院中的那株石榴树，对那些时光里的永康街似有无限缅怀。

母亲原本就是浙江人，来台后便住在永康街，十四巷十四号，这地址还在，只是雕阑玉砌，已共人事同湮渺了，我们偶尔走过，母亲那轻轻的喟叹，便如同白先勇的小说《游园惊梦》里的最后一句台词："变得我都快不认识了，起了好多新的高楼大厦"，至此母亲不免向我们描述当年的点点滴滴，往往就是从那株石榴树开始的。

据说昔日的永康街全是日式建筑低矮的平房，绕过公园，十四巷十四号朱红的大门里有一方庭院，围墙的另一头便是丽水街，庭院里左手边的水池植满睡莲，有一年还长了许多菱角，菱角蒸饭也是母亲经常提起的；右边一晌除了台湾常见的木瓜树，还有竹柏数丛，荫满窗檐，夏风一动，满屋子透着清凉，中秋赏月，便拎一张小板凳，竹影秋韵，像一个遥远而清朗的梦。而两株石榴便种在客厅门前的两侧，夹着青石板铺的小道，带有花径缘客扫的趣味在。母亲说每年夏天，总要结拳头大的石榴，掰开里面鲜红欲滴，有时分送邻居，一条街巷都因为石榴而感到了初夏的兴味，微酸的 50 年代。

母亲说这些往事时，我们已从“高记”出来，口中茶香未散，正准备去尝一尝近年来闻名遐迩的芒果冰。夜幕低垂，华灯初上，整条永康街拥挤了起来，人潮与车潮是 90 年代的繁华风景，西雅图咖啡的浓香盘踞街口，日式回转寿司的火车响起了汽笛，云滇料理的门口聚集了一群年轻人，显然对重口味有一试的决心，而隔壁越南馆正有上了年纪的老饕杓起一匙清淡甘醇的牛肉汤汁……永康街，味蕾的王国，从信义路直贯到和平东路，也带动了一旁的丽水街，典雅的希腊菜，养生的传统药膳，都对每一副脾胃发出强烈的诱惑；永康街，世界级的饮食商圈，日本话在信义路转角口的“鼎泰丰”前面排队，英文则在靠近师大图书馆后门的小酒吧里喧哗，而在一条暗巷里的印度餐厅，总有几位皮肤黝黑的印度人坐在那里，不过他们很沉默，只听着热烈奔放的印度歌而不说话，我不知道他们的语言，他们都用银色的刀叉吃咖喱饭。

我不知何时开始喜欢这里的气氛、感觉与种种美食，只觉得格外亲切。台北的街道多以大陆的城市来命名，我以前的身份证上籍贯栏写着湖南长沙，现在写着出生地台北市，然而我对台北的长沙街却十分陌生，几乎没有去过，等于是边疆，反而应该在边疆的迪化街，因为办年货的关系而成为童年最壅塞的记忆，充满香菇与红枣香。其他比较熟悉的是买书的重庆，上学每天要经过的青田、温州，还有自己住的和平东路，我的中國经验其实从台北开始，味觉经验则在永康街。

不知是否对青春的岁月有些眷恋，从来母亲便爱提起永康街，或引领着我们来此游逛，而不知何时开始，却成了我们带着她来散散步，忆忆旧，话话当年。母亲说三四十年前的永康街只是一条寂静的小巷道，以基层公务人员、小学老师与师范大学的教职员为多，街景清平朴雅，邻居克勤克俭，檐挨着檐的平房在清晨只有画眉鸟的嘹亮，家家氤氲着白粥的热气，晚上七点半过后就完全安静了下来，只有收音机的呢喃透过窗纱，为那样深的夜增添一种幽戚。当时几乎没有店面，母亲说只有巷口有一担阳春面摊子，那时最高级的享受便是在路灯下来一碗面，若说加个卤蛋，除非是有什么大事，后来来了一个卖蟹壳黄的，生意好得很，我想母亲可能不知，那个卖蟹壳黄的后来做大了生意，朱红的楼面烫金的招牌，已经是当今永康街地标级的建筑，甚至可能比“永康公园”还有名气些。

永康街的历史便是台北市的缩影，每历经一次的变局，永康街便更像现在的样子，基层公务员都升迁了，搬走了，日式平房与庭院先改建的成为四五层的公寓，后改建的成为十层左右的大厦，住户多了，商人来了，餐饮业由基本的填饱肚子，变成要求精致口感的美食，竞争引来更多的商机，更多的商机引来更多的竞争……无论别处如何，永康街似乎很坚持这种以餐饮为主干的发展路线，在富裕的台北市，交通便捷人口稠密的大安区，这样的事业很容易地繁荣了起来，成为都市景观。随着整体都市计划时代的来临，官员们也不禁要皱起眉头思考，如何保有永康街的原始风貌，又提升她的环境质量；以及如何使她的独立特色走向精致，又能与周边的环境配合而扩大这条黄金街道的腹地与纵深……于是改革来了，改革走了，我们看见了公园周边的凿痕，感到了太明显的资本主义享乐意识，已经占据她原本的朴实与沉厚。

永康街环境特殊，向南是师范大学，西侧有淡江大学的城区部与政治大学的企管中心，东方则有台北老牌学校金华女中，现已改作金华园中，她的人文素养本来浓厚，旧书店、古玩铺、旗袍庄、宣纸行，标志着这里居民的品位与兴趣，那略带着传统文人拘谨的风雅与沉静的心思，其实是这条街道最迷人之处，而针对早期公教业为主的顾客，永康街的餐饮文化似也带着浓浓的旧国之思，与台北的其他饮食文化，像天母、圆环、士林、饶河街等迥然有异，那是一个鱼龙寂寞，故国平居的时代小角落所特有的风韵，带着白先勇式西风与凉露的台北情怀。而这些更隐微，更具文化意义的细节在新世纪中似渐渐枯淡，成为一幅心底的风景，眼前多是擎着美食杂志来寻香访味的食客，在五光十色中满足了对味觉欲望的想象。

但永康街仍是我最心爱的一条街道。

母亲的青春，我的童年与学生时代的韶光，都淹漫在这条街上，那像一条无形的绳索，串起了两代台北人的情感与生活，她曾经朴质得那么气派，如今辉煌得这么理所当然。她有一种超乎商业、政治以外的生命力，就像公园里的乔木都是上了年纪的，但仍然碧绿得那么有劲，不输给底下啜饮午茶，漫兴随意的年轻世代。

而母亲的记忆是深长的，**一株石榴，一座宅院，一条街道，岁月的感慨不只是这些，而是身处其中的人事与岁华**，我们抚拾过往，似乎听见历史深处传来昆曲《桃花扇》里《余韵》一折所演唱的:“笙歌西第留何客，烟雨南朝换几家”一般，有种兴亡看饱的沧桑。世界改变得太快，我们总是还来不及为今日的现象定位，便已马上成为陈迹，就如同永康街的风华，在晚风里那样自在地盛开，不知是涌现了这个时代以怀旧为品位的消费倾向，还是在其中注入了真诚的文化与社群省思?

离开了拥挤的人潮，母亲回忆起搬离永康街时，曾经试着想将那两株石榴移植新居，但不经年即枯萎，“之后就再也没有尝过新鲜的石榴了”，母亲很是可惜。

而在这世上，并没有一天是叫作“石榴节”的，但郑振铎父子却有那样的雅兴，将分石榴的日子唤作“石榴节”，因此我也猜想，母亲的心中也许便真有一条名之为“石榴”的窄窄街巷，陆沉在遥远的时光与千门万户的台北市，宁静的，温柔的……

大风吹 文 / 王盛弘

零食比正餐好吃，
因为正餐是时候到了就要吃，
而零食，
是想吃的时候吃

1

二月天，住家附近小公园里樱花盛开压低了枝丫，花树下，一名肤色黧黑的年轻男人操持一具宛如大炮的器械，三两名孩童隔几步远专注瞧着。“要爆啰！”年轻男人出声示警，孩童都用手遮耳朵，张大眼睛，咬紧牙关，而有一张逗趣的脸。“砰！”地好大一声，白烟喷发，米香弥漫，空气微微颤动，绯红花瓣纷纷飘落，仿佛若有风。

大风吹。

吹什么?

吹有记忆的人——

当我童年时,每隔一段时间爆米香流动摊贩便会驾柴油车驶进我们竹围仔,一男一女大概是翁仔某搭档,择定姑婆家开阔稻埕,女人摆开阵仗,男人在每一座大门前驻足,边敲锣边喊叫爆米香、爆米香喔——我一听,仰头张望六婶,眼神肯定流露了渴望,见六婶点头,我便自米缸中舀米,倒进装台糖凤梨的马口铁空罐里,七分满。

稻埕上陆陆续续已经集结了大人小孩,地上一罐罐白米排着队,男人依序拿起,这是谁的?他问,人群里有人认领说我的我的,他便将米倾入炮管,片刻后大喝一声"要爆啰!"年轻母亲为襁褓中的婴儿掩紧耳朵,轰天巨响伴随白烟大作,照例有谁家的囝仔还是被惊哭了,女人趋身向前拿一块米香哄哄他。米香、麦芽香,空气甜甜的。

我提一塑料袋米香返家,六婶问怎么去了这么久,我是着迷于那每一次巨响每一回云缭雾绕。六婶说,腹肚枵[①]的时阵,才可以吃喔。

① 腹肚枵:闽南话,表示肚子饿。——编者注

肚子饿的时候，还有面茶，阿嬷还在时会自己用面粉焙炒，加猪油、红葱头；放学后，六婶还没下工，腹肚枵得咕噜咕噜叫，我会冲一碗面茶止饥。

小时候我眼中的大人现在都已初老，年节聚在一起，同一团毛线织了又拆了又织，谈的都是前尘往事，总有人提起，当我还是婴儿时有人找我去拍奶粉广告。后来呢？有人说：后来让你老爸挡掉了。为什么拒绝啊？我看看六叔，六叔只是笑但不答话，六婶开口把话题调转了方向：以前真散赤[②]，饮不起牛奶，这几个囝仔都是呷面茶、呷米麸长大的。

奶粉啊，那是阿公阿嬷才喝得到的。远地亲戚前来探访，总带克宁奶粉、五爪苹果当伴手礼，都让阿嬷给收进五斗柜里去；但是阿公经常会自弥漫金十字肠胃散气味的里屋拿出一罐奶粉几颗苹果，问“谁要呢”。苹果已经有了伤口，奶粉也早过了期，舍不得还是泡泡看，一杯子粉状悬浮，味道也不对了。

② 散赤：闽南话指贫穷、贫困。——编者注

自家灶脚产出的，除了面茶还有锅巴。我小时候，家里用的是灶、烧的是柴，看我们等在灶前，六婶会让饭多焖一会儿好使鼎底结一层锅巴，剔起，轻轻握成一团，沾白糖吃，那美味！上台北后几度和朋友在银翼餐厅吃锅巴虾仁，酱汁淋下滋滋作响，色香味之外兼有音声享受，但这已不是童年那款质朴滋味了；童年的滋味是最尖酸美食评论家也无能苛责的。

或是猪油粕。六婶在菜市场买来的油脂苍白滑腻，利刃切块，入鼎翻炒，很快炒出一鼎猪油，油粕载浮载沉，沥干后捞起，我坐饭桌前专注挑着有肉贩没剔干净的瘦肉的油粕仔。油粕仔口感酥而有油香，六婶拿它炒青菜。至于猪油，装进锅子冷却后成乳白色。后来有了电锅，锅里恒常有白饭，半夜里腹肚枵就添一碗白饭舀一匙猪油，看着白色猪油缓缓融化把米饭浸润得剔透晶莹，一匙猪油可以扒下一碗饭。池波正太郎也爱这样吃。

池波正太郎是日本时代小说家也是美食家，他留下乡间炒菜用的油脂，加入调味料后放一夜，凝冻，隔天置被炉里片刻后再浇热米饭上，池波说："美味极了！"

我读过一则报道，据“研究指出”，吃零食可以刺激大脑，产生心理上的慰藉感，成功转移紧张焦虑的情绪。姑且不论所谓“研究”往往是企业主委托的研究，所谓“指出”则是公关公司的说辞，对我而言，米香、面茶、锅巴、猪油粕，乃至于热白米饭上浇一小匙猪油等等，这些“零食”之所以好吃，原因再简单不过，因为它们都是在“腹肚枵的时阵”吃的。

零食比正餐好吃，因为正餐是时候到了就要吃，而零食，是想吃的时候吃。

2

池波正太郎少时即展现美食家意志。十三岁小学毕业后进入股票营业所工作，听同事提起银座资生堂茶室的鸡肉饭银器盛皿精致非凡，便不惜花费六十钱前去享用，尽管当时他的月薪仅仅五圆？

后来每当他存钱若干，便上资生堂茶室大快朵颐一番。为他点菜的是同龄侍应生山田，山田介绍池波啖奶油焗烤、啖牛肉可乐饼，两人逐渐建立起了友谊；第三年耶诞夜，少年池波拿出岩波文库《长脚叔叔》，说是送给山田的耶诞礼物，少年山田收下礼物后，说：我也有。他把一只细长包裹交给了池波，打开一看，是一瓶青春痘美容水。少年间的情谊清澈、透明、纯粹，仿佛无菌室里培养出来的，我读着读着，眼眶有一瞬潮润。后来山田当海军去，与池波见过一次面后，两人从此失去了联系。

读着池波正太郎饮食故事的同时，手边另准备了一本摄影集对照，封面用的是神田万惣的松饼写真，蜂蜜淋在松饼上，浸润的同时正缓缓流淌，真令人垂涎，那是池波在父母离异后，每三个月与父亲相会，父亲同他去看过电影后的归途上，带池波去吃的。直至晚年，池波还常光顾万惣。

有记忆的滋味最美；我想起桃酥，还有鸡蛋糕。

竹围仔到处都有，我的竹围仔位于彰化和美。和美虽是小镇，却有两样名产营销全世界，一是和美织仔，二是几次在戏院看好莱坞电影嘲谑的台湾制造的雨伞。我的堂姊妹们多半都曾在纺织厂待过，三年五年甚至十几二十年青春消磨在满布棉絮纤维、嘈杂不堪的环境里；而我则赶上了 80 年代客厅即工厂的浪潮，课余除了短暂冶游，时间多半消耗在雨伞代工，指甲缝有洗不去的脏污。

伞工厂叔叔开着小发财车将半成品一捆又一捆运来加工后，又载往下一条生产线；那些半成品颇有些重量，但自大门到里屋还有一座稻埕需徒手搬运，还好每当那名矮个子、结实、满脸堆笑的叔叔的小发财车一靠大门边，一个个孩子便自三合院一扇扇门后现身帮忙；很快地卸完货后，叔叔会从驾驶座旁拿出一袋桃酥，一人一片。对惯于吸吮黄橄榄红橄榄肉桂片，偶尔才有一颗白脱糖含嘴中久久舍不得吞下的乡下孩子我来说，桃酥可是一份大礼物呢。

十八岁出门远行，有时经过罗斯福路、辛亥路口附近的莱阳桃酥，玻璃柜里有一大摞一大摞桃酥，我驻足看了又看还吞吞口水，终究没进店里交关[①]过；我很明白，再怎样高明的师傅都不如时间这名大厨所调出的记忆的味道。

就比如说吧，目下市面上绿豆饼的馅料质感细致口感绵滑，但

① 交关：闽南语指买卖、惠顾。——编者注

我每一剥开看到这款馅料后，仍不免感到又是一场失望，若身边有人也就随手递出；我在寻找而不可得的是黄色颗粒内馅、口感稍粗、不那么甜腻的童年的绿豆饼，一个红色圆圈盖在白色饼皮上。

童年毕竟是无法复制的。

中学时一个傍晚，我与六婶在灶脚，屋外有小发财车放送着录音带，“面包，来买面包哟”。我突然对六婶说，今天是我的生日。家里任谁都没过过生日，六婶愣了愣才回我：“喔，这样啊。”随后掏出一张十元红色纸钞，“去买个面包吧。”她又说。

我高高兴兴地向餐车买了个鸡蛋糕。那一个不及手掌大小的海绵蛋糕，松松软软，比起常吃的炸弹、葱花等口味，是最接近我所想象的生日蛋糕的形象。

将五元找零还给六婶，我把鸡蛋糕掰成两半，一半递给六婶。“你自己吃就好。”六婶说。我坚持，六婶遂轻轻咬下一小口，剩下的你吃，今天是你的生日啊。她摸摸我的头。红毛土地面上有夕阳透过窗棂投射出的一格格金色光辉。

作者简介：

王盛弘（生于 1970 年）

作家、编辑

台湾省彰化县人，着迷于文学、艺术、旅行、植物、电影，爱好观察社会万象，并为之赋予人文意义。

曾获林荣三文学奖、梁实秋文学奖、报纸副刊编辑金鼎奖等，现为联合报副刊副主任。

著有散文集《大风吹：台湾童年》《草本记事》《花都开好了》等。

我的西游记 文 / 宇文正

因为他，
我重新发现世间琐琐碎碎的美好

平日与人吃饭，手机总要摆在桌上，常被问起：你一刻也离不开手机吗？我只要回答：因为我有小孩，对方就能充分谅解。做母亲最可怕的噩梦莫过于接到来自学校、安亲班、保姆的电话，告诉你：小孩受伤了！

他眼睛受伤了，立刻要送医，我拿着手机说不出话来。电话接二连三地来，眼睛肿得很厉害……是骑脚踏车摔下来撞到的……眼球没受伤……信息慢慢拼凑起来，赶回家的路上，我已确定只是外伤，吃了定心丸。

然而见到小孩还是吓一大跳，我们常说眼睛“肿得像核桃大”，原来一点不假，还是颗很大的核桃。他很伤心地告诉我：“妈咪我受伤了。医生说要躺着一直冰敷，周末不能出去玩了。”对他而言，最大的损失就是不能“玩”，那好像是他生活的唯一意义。我仔细察看伤口，确信只要细心照料不致留疤，安心了些。万圣节要到了，我告诉他：“不错啊，这次万圣节带你出门都不必化装了！”他莞尔一笑，要我坐在床边讲书。讲什么书呢？“继续讲《西游记》！”他可逮到机会了。

我手边这本《西游记》是大一时买的，桂冠出版，上下两册的精装本，内页边缘已经泛黄。我本来并不特别欣赏《西游记》，高中时读过一个改写成韵文版本的《说唱西游记》，那书丢了，不记得是何人改写，上大学后再读原本，也是读完一遍就束之高阁。不像《红楼梦》，反复读到许多对话、诗词会背，每读必哭。曾有一次同学来找我，见我一个人坐在床上捧着《红楼梦》热泪狂流，她拍拍我，说声“节哀！”关起门落荒而逃。

人到中年，心境改变，阅读的兴趣真的会改变。也许是孩子使我改变，以前我没有发现《西游记》的文字这么好玩。我读到孙悟空打虎，“打得脑浆迸万点桃红，牙齿喷几珠玉块……”他居然笑得岔了气。

“这么好笑吗？”

他说：“喷脑浆！呵呵呵呵……”

儿子姓孙，对孙悟空有特别的亲切感，而我恰好属龙，读到孙悟空向鹰愁涧的龙王叫战：“泼泥鳅，还我马来！”他乐得像孙悟空一样翻起筋斗，不停喊我：“泼泥鳅！”《西游记》比我们读过的所有童话故事都丰富有趣。

现在他躺着冰敷眼睛动弹不得，更有理由听床边故事了。我们讲到第五十二回“悟空大闹金兜洞，如来暗示主人公”，原来金兜山的独角兕大王是太上老君走失的一头青牛，他打断我：“妈咪，你不觉得天上的神仙都很糊涂吗？上次乌鸡国的假国王是文殊菩萨养的青毛狮子，他们连自己养的宠物跑掉了都不知道！”

嗯，我该怎么回答呢？趁机会教育养了宠物就要关心它吗？想想，我替那些神仙辩解着，“他们也不一定是不知道，只是为了要给唐僧师徒求经的路上多一些磨难，所以就睁只眼闭只眼了。”

“为什么要多一些磨难？”

“有磨难才会懂得珍惜啊！每个人的一生都是一部《西游记》。妈妈养育你，就是一部妈妈的《西游记》。”

“为什么？”

我有什么磨难？我不曾告诉过他，生他的时候到底有多痛。根据我的经验，每次一群女人在一起谈论生产过程，只要我一开口，所有人立时噤声自叹弗如。这是第一次，我对他说起，因为在怀孕后期出了一场小车祸，虽然没有受伤，可是动了胎气，他变成了头上脚下的臀位，我必须剖宫生产。然而就在预定剖宫那一天的前夜，我开始阵痛。清晨紧急推进手术房，所以他的名字里有个“晨”字。手术前要在脊椎上打半身麻醉的针，可是我的脊椎骨排列较一般人异常紧密（后来我才知道这是我上半身比例特别短，甚至一反手就能摸到自己耳朵的原因），长长的麻醉针在脊椎间穿刺，一针又一针，“天啊！难道你们就要这样一直打下去吗？”除了猛念南无观世音菩萨，我根本不知道究竟打了多少针才成功。接着，也许该归咎我小有一点酒量，医生在我肚皮上划下的第一刀我竟未麻醉，失声惨叫之后，不知道是麻醉了还是根本就痛昏过去。生完，面对的是伤口，以及子宫收缩的痛。据说大部分的人是第二胎才会有强烈的子宫收缩，我是头胎却没有幸免，而且因为是剖宫产，腹部不能按摩，我在产前到医院学习的拉梅兹呼吸法，结果是用在产后……所有生产的痛，我大致无一遗漏，这样生出来的孩子，怎么会不“疼”惜呢？

我把这痛不欲“生”的过程仔仔细细对儿子说了一遍。他听得动容，要我弯下身去给他亲亲。然而，跟孩子出生之后的担惊受怕比较起来，那生产毕竟又只是短痛了。我又绝不能对他说：你不要骑车、不要游泳、不要……我不能说“你不要”。

而他慢慢长大，世风日下，除了要担心他有意外、受伤，还要担心他变坏。前几日他从学校里带回一张成长记录本的首页，老师要他们贴上生活照，写下“我的兴趣”“我的志愿”“我的座右铭”，还要家长写一段“勉励的话”。“我的志愿”他写着：“我将来要做一个天文学家。”这个愿望他持续了“很多年”，我们甚至为他买了天文望远镜，陪他观察星星、月亮。可是座右铭要写什么？我想破了头，从青年守则一路背到《陋室铭》，他听得一阵哗然。他老爸说话了：“座右铭就是要简简单单，一辈子时时不忘，讲得那么复杂！”他提出四个字拍板定案：“诚实正直。”告诉儿子书念得好没有用，有些很会念书的人祸国殃民，这辈子你只要做到这四个字就心安理得了。

看见孩子一笔一画在那张纸上工工整整写下“诚实正直”四个字，我眼泪几乎掉下来。他说：“妈咪，还有你们勉励的话。”勉励他什么呢？

我提起笔写道：“你最爱透过望远镜看天空，爸爸妈妈愿做你成长路上的望远镜，引导你、陪伴你探索这个世界。”

写完，却隐然不安：我真的可以吗？

现在捧着《西游记》，恍惚间却觉得这孩子才是我的一座望远镜啊！因为他，我这个四体不勤的人跋山涉水，从油桐花、萤火虫看到黑天鹅孵蛋；因为他，我们雀跃若看见月球表面一片片的雨海、澄海、酒海、风暴洋、宁静海，如放射线源头的哥白尼坑、第谷坑；因为他，我重读尘封在书架上的《西游记》，发现它的文字趣味；因为他，我重新发现世间琐琐碎碎的美好。他当然是我的望远镜，因为他让我看到的是未来啊。

噢，我的“西游记”！在陪伴他跌跌撞撞的路上，“泼泥鳅”早已成为对世界、对命运俯首，无比驯服的“白马”。

小子，何莫学夫诗 文 / 薛仁明

如此二菜一汤，
其实清简，
但因神旺，
便胜似佳肴丰馔

昔人有言，好的政治，要如衣鞋系带，带子系得好，却不觉得有带子。

教育，不也如此？

这个九月，薛朴刚上小学。早先，我笑着提过几回，让他甭去学校，继续在家陪陪我，如何？他没答应，只因两个姐姐都在上学，理所当然，他也该去才是。这事，我本信口说说，多是虚问，但闻听他的应答之后，还是笑着装得有些失望。

其实，他上不上小学，我无可无不可。制式的学校教育，当然问题重重，尤其教改以来，更是每况愈下。教改二十年，恰好，我多在基层学校待着，因“躬逢其盛”，故深知其弊。然而，毕竟我住乡下，托“城乡差距”之赐，这儿的学校还勉强算是波澜不惊，作意无多。不像城市里，自“教育部”以降，各级学校焦躁浮动，难得清安，整天会议无穷无尽，成日活动没完没了。结果，大人带头，个个浮躁忧郁，真不知，又该如何教出心平气和的下一代？

本来，所谓学问，就是有样学样；教育，也不过是树立一个个的人格典范罢了！台湾的下一代，说来可悯，亦是可怜，因为，在成长过程中，能看得到的自在安然的榜样，着实已然不多。

教育之要，“简静”二字。大人朗然清安，小孩才可能吉祥止止。今天教育之崩解，部分原因，还是被大人急坏的。小孩还没变坏，大人就先急出了躁郁症。结果，越急越坏，越坏越急。在这急成一片的躁郁时代里，令人格外想念简静岁月里的天清地宁，也让人怀念简静时日中人应有的自在与安然。

话说回来，我这儿乡下，虽说没有台湾数十年前依然可见的那种简静，但相较于都市，还是淡泊宁静许多。这儿，学校没有成日举办活动，也不太要求家长参与配合，学校与家长，多少仍可相忘于江湖。有这份相忘，就好。早些年间，我夫妇二人多半轮流请假，偶尔均有上班，家中小朋友因此也得上学。那时，一向选择的就是那种最不标榜、最“没特色”、最可与之相忘的托儿所。

这种托儿所，学费低廉，于我，更是相宜。但半年多前，过完春节，我还是没让薛朴继续上托儿所。究其原因，当然是可以省下虽不算多但毕竟仍是一笔数目之学费，反正，我多半在家。另一个重要原因则是，我想自己也来教上一教。

说要教，其实大言不惭，因为，也没什么教。美其名曰在家“留学”，说穿了，也多半只是他在自学。

那半年，每天七点过后，用毕早餐，小朋友洗了碗，有时也擦过地板，又与南部的阿公阿妈讲完电话，等姐姐再上了学，多半，我便先与薛朴外头溜达一圈，早上鸟儿多，花草香气也浓。一圈转回，神清气宁，便开始“留学”，意即，我做我的事，他看他的书。头一两天，很不习惯，因为较诸两位姐姐，薛朴以前极少阅读。早先在家，他竟日抡枪舞棒，一支木剑，半截竹棍，已然舞弄了一两年，尚且把玩不尽。这会儿真要偃武修文，他实在不惯，于是，凭借着注音，盯着书本，才念了十分钟，便昏昏欲睡，哈欠连连。所幸小孩心性柔软，最可勉而学之，才稍稍勉强，三天过后，他已然可以安坐半个小时。又数周，常常我事情稍告段落，忽觉四下悄然，转头一看，只见他专注读着书，连理都不理我。我望了一望时钟，倏忽，已然过了两个小时。

他看书，我鲜少闻问。通常是，抬头一望，“今天念哪一本书？”他回：“《封神榜》。”我应：“噢，好！”另日再问：“现在又看哪一本？”“《隋唐演义》。”“噢，好！”改日，“《西游记》”。“噢，好！”说来惭愧，除了“噢，好”，我似乎也变不出其他字眼。于是，好几个早上，我们父子遂各自安坐，彼此相忘。屋内寂寂，唯外头鸟声，新透纱窗，依然婉转。又隔数日，我心血来潮，突然又再问起，他回说依然“《西游记》”。“怎么又是《西游记》呢？”“因为，嗯……《西游记》很好看呀！”

是呀！《西游记》的活泼，《西游记》的万千变化，最可读之不尽。但是，薛朴更爱看的还另有一册，曰《中国笑话全集》。我不让他老看，但每回，若一声不响，闷着头，目不转睛盯着书本，猛不防地，乍然连声咯咯或是呵呵又偶尔哈哈，那么，准是又与此君相晤。笑罢，他还言道，下午要讲给姐姐听。

读书读乏了，他说要“练武功”。所谓“练武功”，多半是他看京剧学来的套式，抡枪舞棒之外，还练翻滚，也学劈腿。动作都不地道，我也没能力指导，但是，反正他乐着呢！久而久之，倒也还有些架势。此外，他也“骑马”，老从客厅厨房两处跑，手拿竹棍，权充马鞭，边跑边垫步。垫步时两手紧握，如握缰绳；起跑时，还先喊个“驾！”

“驾”累了，时近中午，他嚷饿。我做中饭。除了米饭，通常荤素两菜，多半还有一汤。吃饭之事，他多少遗传我，因出身寒微，故而好养。尝到菜，便喊：“好好吃喔！”啜口汤，又嚷：“好好喝喔！”**如此二菜一汤，其实清简，但因神旺，便胜似佳肴丰馔。**

饭毕，我们到外头闲步。那时春天，中午不热，故可以外头散步许久。说是散步，其实，也还是我走我的，他走他的；我看我的，他玩他的。虽然偕行，多半时刻也依然是相忘。走走停停间，他蹲在路边许久。“看啥？”“看蚂蚁。”“大的小的？”“大的！”“好不好看？”“好看！”又一会儿，树上有攀木蜥蜴，有墨绿，有宝蓝；菜园里有蝴蝶，有白，有黄，有凤蝶；阴雨天，路边蜗牛多；近夏时日，偶尔路上有辗过的蛇尸；水圳边有个大池子，里头鱼极多，有只大鸟会忽地从池中飞起，双翅展开，三尺有余，每回奋然起飞，薛朴都好大一声：“哇！”

散步途中，稻田多，菜园多，果树也不少。过完年，梅花早已开过，先是李花，随即又有桃花；春风桃李花开后，不久又青梅累累；梅才转黄，桑葚就新红乍紫。而后，李子熟后桃子熟；桃熟甚香，颗颗绿底透红似胭脂。过阵子，莲雾花开，龙眼花开，有群蜂飞舞；再下来，盛开时犹似昙花的火龙果，也初初新有花意。于是，夏天到了。

如此一路观瞧，沿途顾盼，虽赏之不尽，但也终该转回家去。下午功课，是看京剧。薛朴年纪虽小，却颇有戏龄。从孙悟空看到赵子龙，又从武戏进入文戏，这回，他开始看杨延辉，也听诸葛亮。偶尔，我陪着看；多半，仍是他自己找光盘放。那阵子，他看《四郎探母》，最常是头折《坐宫》，看着看着，学裴艳玲哼了起来，“我好比笼中鸟有翅难展，我好比虎离山受了孤单……”我遂言道，“等这个唱段学会了，就比以前的《三家店》《甘露寺》又晋了一级，你知道为什么吗？”他思忖了好一会儿，总算答道：“因为，比较难唱呀！”

接着，他也看了孙岳的《坐宫》。我问道：“喜欢哪个杨延辉？”“都喜欢。”“有什么不一样？”“裴艳玲比较好看，现在这个（孙）比较好听。”

结果，他继续学唱，却依然学着裴艳玲。后来，他看《空城计》，头一回，嚷着无聊，再一回，静静看着不讲话。隔阵子，我听着杨宝森的历史录音，他过来问，听什么？我答：“《空城计》呀！”“真的？”遂抢着看戏词，也要听，结果一听，也说要学。我笑道，“如果把《空城计》的摇板和慢板也都学会，那就是真正的高手了，知道为什么吧？”“因为，这个超难唱的！”

同样难的，是他背唐诗。看完京剧，我要求他背段书。他背书晚，姐姐同此年纪，早已腹有诗书，薛朴这“一介武夫”，却几乎才刚刚开始。头一天，要他背诗，简直痛不欲生！闷着头半个小时，哭丧着验，直说背不起来。我笑着说:“你不是很会背戏词吗？”“因为戏词很简单呀！”

我只好说:“唐诗也不难啊！”

确实不难，三天后，他就进入状态了。有时挺快，转眼工夫，便已朗然成诵；偶尔较慢，磨蹭了许久，都还原句踏步。但总之，已不再边读边哭了。于是，他先五绝，后七绝，再来五律，接着七律，一路背将下来，便也五古、七古了。背久了，再看京剧，听到戏调，会突然惊呼:“这好像唐诗哦！”而白天看花，晚上望月，也偶尔会乍然想起了某些诗句。更有趣的是，听戏听久了，自然跟着唱；但背诗，明明几个月前才刚刚哭过，却忽有一天，兴致满满，说他也要作首诗。“哦，你要作诗？”结果，只听他口中喃喃，很认真念了三句，又戛然而止，问他，再来呢？停了半晌，答道:“我忘记了！”

作者简介：

薛仁明（生于 1968 年）

作家

台湾省台南市人，佛光大学历史研究所毕业。

著有《胡兰成・天地之始》《人间随喜》《孔子随喜》等。

CHAPTER 5 • 放下

让心灵超越孤独

生命演出了注定的剧本，或许身不由己，但心灵可以超越其上。那已无关道歉与原谅，而是透彻地看清了之后，就知道必须释放。

水问 文 / 简媜

深情即是一桩悲剧，
必得以死来句读

台大的醉月湖记载着一个故事，关于一名困情女子投水的传说。我想，深情即是一桩悲剧，必得以死来句读。而这种死也是最纯洁的。我是名弱者，欣赏了悲剧也扮演过悲剧，却在最后一幕潜逃，人是活着，热情已死。因此我写下《水问》，纪念那名女子并追悼自己。

那年的杜鹃已化成次年的春泥，为何，为何你的湖水碧绿依然如今？

那年的人事已散成凡间的风尘，为何，为何你的春闺依旧年年年轻？

是不是柳烟太浓密，你寻不着春日的门扉？

是不是栏杆太纵横，你潜不出涕泣的沼泽？

是不是湖中无堤无桥，你泅不到芳香的草岸？

传说太多，也太粗糙。说你只不过是曾经花城的孤单女子，因不慎而溺于爱的歧流断脉之中，说你的失足只是一种意外。说有人见你午夜徘徊于水陆的边缘，羞怯地向陌生的行人诉说你碎断的心肠，说你千里迢迢要来赴那人的盟约……而千里迢迢岂是你所能跋涉？日夜的秩序又怎容你轻易嵌入？你已不属于时间空间，你因而被镇于湖心水湄，再不敢向人间，向你钟爱的人间殷殷探询。你于是成了一只冷僵了的蝴蝶标本，在图鉴上注明因求偶不成而自戕，被传阅于唇齿残香的茶余饭后。

要问你：

天空这么温柔地包容着大地，为何你不送走今日且待明日？

大地这么宽厚地载育着万物，为何你不掏穴别居另成家室？

人间婚姻的手续这么简便，为何你独独择水为你最后的归宿？

是不是你信念着，有一种从无缘由而起的宇宙最初要持续到无缘由而去的宇宙最后的一种约誓，让你飘零过千万年的混沌，于此生化身为人，要在人间相寻相觅？你是离群的雁，甘愿缚进人间的尘网，折翅敛羽，要寻百年前流散于洪流乱烟中的另一只孤雁？你走过多少个春去秋来，多少丈人间红尘，你来到那人面前，虽然人间铸他以泥沤，你依旧认出那疲惫的面貌正是你的魂梦所系，那沙哑的嗓音正是你所盼望的清脆。你从他的眼眸看出你最原始的身影，你知道那是你们唯一的辨认。

人间的鹊桥，虽不如天庭的绚丽，而你们愿意一砖一瓦地建筑。

人间的气候，虽不如天庭的清朗，而你们羽翼同生要共飞过地坼天裂的风暴。

人间的箪食瓢饮，虽不如天庭的琼浆玉液，而你们饭蔬饮水甘之如饴。

生命的意义原本就模糊不清，在纷杂的爱之向度中，你们愿意凸显爱情为你们心中的殿堂。以千年的姻缘，作最坚固的奠基，以信任与尊敬，作不朽的钢架，深挚的痴爱，是你们的铜墙铁壁。不渝的贞操，是避风的屋顶是挡雨的门窗。人们只能依你们的声音容貌，批评这样的茅茨土屋。而你们温婉地相待，且让人们去追求他们所谓的富与美，在你们崇高的人格花园里，自然生长着四季繁花，清风朗月。此去，此去经年，千山万水，永不相离，生老病死，永不相弃。

是不是今日的下弦曾是十五的月圆?

是不是眼前的沧海曾是无际的桑田?

是不是来自生的终归于死，痴守于爱的终将成恨?

是不是春到芳菲春将淡，情到深处情转薄?

你坚信的约誓，是四月残飘的柳絮。你溯回的记忆，是荆棘丛生的刑地。你眼见手成茧足结痂，而人间的鹊桥已成废墟。你于是放眼苍茫，要天地为你卜一卜“地久天长”；山川静默蜿蜒，说这一卦不在人间只在天上。你披发行吟，踉踉跄跄去熙攘的市井探询，你说:“借问，借问怎么回去我的殿堂，我的恋之初……”好心的行人摇摇头，说没有这样的一条路，没听过这个方向……你想起千年前的流离。盼到今生才又聚，为何不能同羽同翼?为何曾经的约誓亡佚成断简残篇的失散的流离?为何地能久天能长，人间的爱情却离了又聚，聚了又散?

当太阳再升起，所有的杜鹃萎身谢礼，化成声声的杜宇，唤你不如，不如归去，你仰首看看今日的天空，似乎和昨日并无差别；你舒开手中的书卷，一样的道理，一样的铅体。而你的殿堂已是前尘，你的爱情已成往事。就把一款款的道理还给线装的书架，把一滴滴的泣血留给春泥，把一身姿态托给验尸的风雨，夜半湖心，秋虫唧唧……当太阳再升起，所有的杜宇声声唤你，所有的人间恩爱，你已双手归还而去。

是不是湖水如翡翠，依然是你不死的柔情，涨潮于干旱的季节？

是不是满湖莲韵，是你含辞吐语，字字的叮咛？

是不是一帙帙的书卷，有你不忍撕毁的，海市蜃楼的模型，要给另一对情偶的注解的提醒？

是不是年年杜鹃的鲜红，是你遗传的爱情的色泽？当那一对对的足印踏过花冢春泥，你是不是愿意他们在举足之间，牢牢记取，聚与散在人间，都要相待以礼。

且守护这无源的川流，爱字不易写，但愿你湖心风纹，勾勒一笔一画。

且让萍水相逢的，在湖畔栏杆拟下他们的约誓。

且让相识相知的，用你的神话湘绣成他们的嫁纱。

让长年分离的，偶然相遇。

让幽怨的，冰释所有的尘土泥沙，让他们知晓，聚是一瓢三千水，散是覆水难收……

而今夜，且让我来冠冕你，花城曾经痴守爱情的女子，魂归来兮。

孤独的至福 文 / 骆以军

生命越往后走，
每一个阶段所记忆的、珍藏的那一部分自己，
越层层累聚，
难以和别人交换了

多年不见的哥们，约在路边人行道摆开小桌椅的海产店喝啤酒。

F 说起这两年多来迷上了爬山，是专业登山客的那种爬山喔，百岳中的玉山、雪山、南湖大山、北大武山、中央尖山、大霸尖山……几乎都挑战过了。

座间诸人皆已各自成家，聊起小孩经也不再是奶粉尿片，而到了小学安亲班英文班才艺班的阶段，唯独 F 君犹孤家寡人。

几年前聚会，F 当时迷飙车，网上买了一辆改装中古 BMW（宝马），整修起来花了五六十万，四十岁欧吉桑入夜和年轻车友，在二高几处热门路段，风驰雷掣轧车暴走。现在又变成登山狂人。

似乎我们皆在时间河流中混浊、衰老，只有他独自留在那个年轻时无比自由，却也无比孤独的灵魂里，手握排挡杆融化在极速里，或是让自己往空气稀薄的高峰极域里狂魔成“一个人的小世界”。

白日里，F是一间赫赫有名跨国公司的高阶主管，讲起几年来几次在办公室发生的幽微、模糊、如雾中风景之恋情，总无疾而终。

主要是，到了一个年龄阶段，对自我掌握度越高，似乎越难如年轻时想象“爱情”，可以将自己全部的自由当赌注，承诺给另一个人。

生命越往后走，每一个阶段所记忆的、珍藏的那一部分自己，越层层累聚，难以和别人交换了。

F说，他童年时住嘉义乡下，有一个玩伴是平埔族少年，像《顽童流浪记》里的哈克，拉着他往野外跑。

那时他一般是在田圳里捞些灰溜溜的小鱼小虾，只有这男孩带他到一条美丽的溪流，那条溪像故事书里描述的：淘金人捞捧起沙金，迎向阳光的梦幻河。粼粼闪闪，清澈见底，溪畔河床被沙石怪手挖了一个一个相邻的窟窿，但在小孩眼中那些巨大的水中凹坑，变成一个个独立封闭的小宇宙，水草婀娜摇摆，水明亮如切割玻璃，不可思议的是，那每一个被他们想象成躺卧河边的巨人骷髅眼洞的神秘盔形凹槽里，总回游着艳蓝色、朱红色、粉红色、亮黄色的七彩小鱼，琳琅满目。

那如何可能？但记忆中他俩把脸埋进水中所见的灿烂光影如此清晰，简直像“阿里巴巴与四十大盗”的藏宝洞一样。

两年前F在报纸社会版上，看到一位警员在宿舍吞枪自杀的新闻，正是那位平埔族少年玩伴，带领他进入一神秘之境的启蒙者。

“于是标记我少年时光最神秘美好、难以言喻的那个画面，就此封印起来。再也没有人可以跟我在某一天相遇时，怀念又感慨地回忆那溪流、窟窿、相遇的小水道，那些珠宝般的小鱼……无法印证，修补那记忆中的细节，是真的假的……”

某些人物，他们不自觉地标记着你生命某一段最珍贵的隐秘经验。他们星散四处，你不以为意，像存放在不同张早已停用之存折里那些永不会去提取的零头。X君聊起几年前，生命最谷底的坏毁时刻，一次和P君在阳明山一山谷里的日式料亭喝酒，讲起自己婚姻、事业全搞砸，真的可以无留恋地自杀。

这位 P 君本是我们这一群年轻时一起喝酒打屁的哥们，后来服海军役时确定自己是同性恋，之后和直男这些男人兄弟们渐渐疏远，可能独自栽进一个玻璃鱼群竞烧青春的肉欲森林。

X 君说，那时暮色降临，他们周遭的山峦，全笼罩在一种同时暗影重重却又大火焚烧的刺目酡红。

P 君温和地对他说：

“X，你答应我一件事：有一天你决定自杀，我绝不拦阻；只要你给我一个月，以你确定要自杀前推一个月。我带你去泰国，好好玩它疯它一个月，吸毒、滥交，像《远离赌城》里的尼古拉斯·凯奇，真的，你真正废掉，没有时间延续，什么都不在意地好好玩一顿，玩过以后再去死。就答应我这件事。”

X 说他答应 P 君这一个月的“死神的小折扣”。

他说 P 君告诉他，他父母在一场意外中双双骤逝的那一年，他无灵魂只以躯壳活着，成天跟一群青春小鸟般的少年们赶场不同的轰趴（Home Party），在高高低低精纯或粗伪的毒品里找嗨（不是每次都能得到那奇幻仙境）。

有一次，在一个趴（Party）里，他先嗑了些慢的，始终上不来，一个药师小妖调了一份“绝对爽死你”的白粉给他。

P君说，那是他曾经经验过最接近所谓“欲仙欲死”的一次（性与之相比，简直像嚼口香糖的快乐一样贫乏）。

P君说：“那就像V频道片头三D动画特效，穿透一幅鲜艳、流动的画面，再穿透另一幅画面，不断进入，所有的细节如此明亮清晰、瞬生瞬息——贴近看见老虎的鬃毛猎猎翻涌，发着金色强光；或是仙佛的脸庞皮肤竟似可触，浮现淡蓝微血管；蟠龙张爪盘飞掠过你耳际，缀连的鳞片像流动的翡翠；或是各种交替横陈美不可方物的人体……”

F说起传奇登山家英国人马洛里，他和同伴埃文，于1924年，攻顶珠穆朗玛峰，后遭遇雪崩而罹难。

1999年美国登山队在珠峰海拔8 150米处，发现马洛里的尸体，腰上仍系着断绳，手肘及腿多处断裂骨折，头部重创。

“马洛里和埃文究竟坠落死于攻顶之前，还是已攀登珠峰之巅，返回途中力尽滑坠？”成为一个孤独冰冷的谜。

因为大多数人把1953年登上珠穆朗玛峰的新西兰人希拉里和尼泊尔人丹增·诺盖，视为人类第一次登上世界顶峰的纪录；马洛里和埃文极可能将之推前二十九年。

据说当年有其他登山队最后一次见到他们，是在距珠峰顶八百米的地方，显然极可能攻顶。虽然反驳者认为以当时落后的登山装备，马、欧两人要穿越北坡，攀上近乎陡直平滑无着力处的“神鬼不可逾越之第二台阶”，机会趋近零。

但因为人们发现倒仆在冰壁七十五年而被冰封如初的马洛里尸体时，并没有在他身上找到他所携带的柯达照相机。

如果日后登山队找到那架照相机，以现今技术绝对可冲印出当年他们死前的最后时刻，是否已在珠峰之顶。

另外，在马洛里遗体的随身衣物中，没有发现他妻子的照片。而他曾说过，如果登顶，在那闯进神之域界的圣洁时刻，他会把妻子的照片留在珠峰。

以此推论，他应已到达了峰顶，且把照片放在上面了。

F说：“马洛里独自死在那空气稀薄、终年冰封、视野空旷洁白的高空上，脸上或带着神秘的微笑。那确是一种魔之咒餍。”

当年人们曾问这位志在殉山的登山者，为何非要去攀爬珠穆朗玛峰。他说了一句简洁如禅的回答：“因为它在那里啊！”

F说那真是一语中的。后来他渐渐喜欢独自登那些难度极高的险峰。攀爬到体能散溃肺部要爆裂的边界，有时神秘经验会突然降临：眼前出现幻觉、金光、柔美的色彩，一种难以言喻的至福之感。手舞足蹈，心中澄澈透明。

“如果在那时死去，我的脸上一定也挂着快乐的微笑。”

并不会怎样 文 / 李进文

错过不代表错，
有时互相错过，
是这辈子的幸运

每天骑着脚踏车上班，一晃也好几年过去了，突然，真的是突然——想到我不开车了。试着减掉一向觉得不可或缺的倚赖，看看会怎样？车卖掉后，从此不必定检、不必缴燃料税和牌照税、不必付停车费、不必买车险、不必按时洗车和暖车、不必对油价敏感、不必再为迷路困扰。

生活中我在意的物件，书是其一，减掉买书和出版书会怎样？也许就会回过头来重新温习旧书，“温习”这个词，在网络时代突然变得很陌生。温习，有一种心境安顿的感觉、有一种重新发现的惊喜，像和老朋友促膝谈心于树下，晚风习习，让焦躁的信息，回归知识的安稳与人生的微悟。所以减掉书，并不会怎样，反而精神都温柔地环保起来了。

陪伴小孩很重要，上了高中后，小孩现在没我陪伴也不会怎样。陪伴像是加法，用父母亲去加自己的孩子，越加越复杂难解。其实，陪伴更应该是减法，孩子只偶尔需要我静静地倾听，以朋友对朋友的眼神交流，其余，就让彼此享受那种减到最清净的孤独；**每个孩子都需要品尝孤独的滋味，生命才会渐渐有厚度**。他们从来都很清楚父母亲对他们的重视，但是，重视比不上一次面对面的注视。注视，才听得见成长的声音。或许，最需要陪伴的，是我自己吧？我没有陪伴那个沮丧、失控、抓狂的自己，我没有以朋友对朋友的眼神注视自己。

手机坏了，想说完蛋了，大家都找不到我，后果一定会怎样又怎样。但几天后发现，真想找我的人一定找得到。（十三世纪波斯诗人鲁米说：每个爱你的人 / 都会在你消失不见的几天爱上你。）然而多数是不需要我的人，原来我不是那么重要。我重视手机的程度是否远远超过友情？生活减掉手机等于友情，敢不敢一试？

在台北一直没买房子，也认真找过房，找到后来有一搭没一搭的。如果我的心就是一栋房屋，心内时时有家人，我移动到哪里，哪里就是家，没买房子并不会错过亲情。

没房子、没手机、没藏书、没车、没时时刻刻陪着孩子……“会怎样？”我自问，是因为害怕错过什么吗？**我们明明知道人生难以掌握，却偏偏无法释怀。其实我们无时无刻都在错过生命中诸多选项，一辈子都在无望地期待日子好转。错过不代表错，有时互相错过，是这辈子的幸运。因为错过而选择了别的，或者庆幸不必选择，也没什么不好。**

挂心工作，老是忘了亲情或者好好读一首诗比工作重要。工作到底可以怎样？如果不能怎样又会怎样？就这样累了整天，睡前崩溃一次，早晨再重建一次。我们总是把梦加多再加多，变痴肥了，鲁米说：“当你成为多，你就是无。/是空。”于是我们分不清“梦”与“梦想”是两回事，梦是需要想的，否则不可能实现。每天减一个“梦”，“梦想”就会越来越明显。

每天早晨试着对工作笑一个，心怀感谢。感谢我们可以互相提供荒谬，让人生与文学彼此印证。感谢忍受我脸色的人们（波兰诗人辛波斯卡说：我亏欠那些 / 我不爱的人甚多），他们提醒我别人忍受的底线是——不笑没关系，至少不能可笑。然而，工作应该还要再减或减到它的核心，变成值得付出的事业，只有视为事业才能专心在每一次的对待——对待任何人以及微不足道的小事都全心全意。

减掉什么，不会更坏，有时更好。不管减掉什么，生命中一定存在另一份工作，另一个梦想，另一种度日……鲁米说：“黑暗就是你的蜡烛。/ 你的边界，就是你追寻的起点。”种种希望的可能，总在减到最简单的时刻萌芽。

就当蜻蜓掠过水面 文 / 彭树君

在付出了许多人生的代价之后，
我们终于不再自我折磨，
终于懂得放过自己

我的朋友遇到惨烈的婚变，就像最没创意的编剧编出来的那种神剧情：先生出轨，小三是她多年的闺密，遭到婚姻与友情的双重背叛，让朋友万念俱灰，一个恍神就出了车祸。躺在医院里的时候，她的闺密来看她，带来一篮苹果和一句对不起。朋友别过头去，只当没听见。

“在那种状况下，我宁可她别道歉，因为她只是想消减自己的罪恶感，但再多的道歉也不能让我的痛苦稍稍减少。”多年之后，朋友对我说起这段难过的往事，依然眉头紧蹙，“那种感觉就像是，她先砍下我的一只手臂，再丢给我一块药膏贴布，非常荒谬，只是让我更愤怒而已”。何况当时的她还真的断了一条腿，不但失去婚姻、失去友情、失去健康，也失去行动自由，那真是一个女人人生的谷底。她憔悴万分地躺在那儿，一下子就老了十岁，对手却以光鲜靓丽的姿态，高高在上地俯视着她的惨状，那种高低落差对比强烈，一句轻描淡写的对不起，不但没有让她感到诚意，只让她觉得更受辱而已。

道歉是一门艺术，什么时候道歉，如何道歉，都是学问。最重要的是，如果没有让对方感到其中的真心诚意，说再多的对不起也无济于事。

我的另一个朋友为了叛逆的孩子而烦恼不已，心理咨询师给他开的药方是：说服前妻，一起向孩子认真地道歉。因为那孩子表现出来的偏差行为，反映了水火不容的父母带来的伤害。

若彼此处于对峙状态，关系必然紧绷，当有一方愿意承认错误，紧绷的态势才能松动。

今年二月，村上春树在一篇小说里，描写一个来自北海道中顿别町在东京工作的年轻女子，开车时顺手将燃烧中的烟蒂扔向窗外的情景，未料这个丢弃烟蒂的情节引起中顿别町居民的不悦，当地议会甚至向刊载这篇小说的《文艺春秋》递交抗议信，表示这段描写“让本地居民感到屈辱”。村上春树因此在同一本杂志公开表达歉意，并允诺会在出版单行本时，将笔下乱扔烟蒂的女子改为来自别处。村上春树的这个道歉举动掀起文学与现实是否该画上等号的讨论，但无论是否真正有错，以他这样一位全球知名的作家，愿意衷心为造成他人的不悦而发表道歉声明，这份诚意还是得到普遍的肯定。

道歉有时无关对错，而是一种社交礼仪，或是一种个人教养。道歉有时也代表愿意承担前人的过犯，为历史赎罪。

距今四十多年前，时任德国总理的勃兰特访问波兰时，冒着12月的风雪来到华沙纪念犹太人的死难者纪念碑前。在献上花圈之后，他忽然屈膝跪下，并垂首祷告：“上帝饶恕我们吧！愿苦难的灵魂得到安宁。”这个郑重的道歉，抚慰了许多曾被纳粹蹂躏的犹太人受伤的心灵，也让勃兰特获得了诺贝尔和平奖。

近年来风行于世的夏威夷心灵疗法“荷欧波诺波诺”，主张常在心中默念四句话——“对不起，请原谅我，谢谢你，我爱你”，可以清除一切负面能量，解决人生中的所有难题，因此成为一般人朗朗上口的灵修语言。这四句话或许可取代宗教概念，其中“谢谢你”是感恩，“我爱你”是慈悲，而前两句“对不起，请原谅我”和佛家的忏悔、基督教的罪人，异曲同工，都是对无明之业表达悔意，请求宽恕，因为你永远不知道，自己在什么时候、什么状态之下，无心伤害了什么人，而基于回力镖原理，所有的伤害都会回到自己身上来，所以必须清理那些负面能量。宗教上的罪愆观念往往令人感到太沉重，但这四句话总结为对天地的臣服，念起来却有一种轻盈的音韵，甚至有人为它谱了曲，成为一首节奏简单却容易吟唱的歌。

我常常默念这四句话，并意外地发现，在塞车的时候非常有效。长长的车阵就像拨开的云雾一样，前方会渐渐清出一条虽不能说畅行无阻，至少是可以看见地面的道路。也许只是巧合，但我还是乐意相信这其中有某种巧妙的关联。

心中常怀爱与感谢，并愿意对自己的无心之过表达歉意，祈求冥冥中的宽恕，可以让一个人的心念更清和，更平静，更柔软，也更懂得谦卑。

内省型的人因为总是不断地自我反省，所以也总是愿意承认错误并请求原谅。但对另一种人来说，说一声对不起无比艰难，仿佛道歉就是有伤自尊，他们不愿承担责任，千错万错都是别人的错。

然而恰恰相反的是，愿意对自己的过错造成别人的不舒服而表示歉意，其实是一种自信与尊严的表现。

我曾经迟迟等不到一个道歉，最后终于完全心灰意冷而彻底放弃，因为我发现，问题在于对方根本不认为自己有错，对于伤害了别人也毫不在乎，那种恶意非常单纯，接近原始的凶残，就像幼稚的孩子撕开蝴蝶的翅膀一样，完全没有罪恶感。那让人连原谅都无从原谅起——如果犯错的人毫无歉意，宽恕与否也就失去了意义。

曾经盘踞在胸臆之间的歉疚无处可去，于是那些始终未能释放的情绪，就像鬼魅一样，会在夜深人静的时候循着记忆的旧时路径悄悄回来，令人心如刀绞。曾经因为年轻与无心而犯下的过错，或许从此成为某个人心头的伤痕，当时不明白，后来才懂得了，但过去的已经过去，回来的只有阴魂不散的悔恨与歉意。

然而时光不能倒流，谁也不能回到从前去修正自己的错误，于是我渐渐学会宽宥过往也原谅自己，若还有不能释怀的就先暂放一旁，不再多想。毕竟心头的重担总要放下，就像乘着热气球旅行一样，除非舍得丢弃那些过时的行李，否则就无法高飞。

而现在，我开始懂得对许多事一笑置之，不管那是我的错，还是别人的错，或是天晓得谁的错，都已不再苦苦追究。**既然过去了就算了，也无所谓了。生命演出了注定的剧本，或许身不由己，但心灵可以超越其上。那已无关道歉与原谅，而是透彻地看清了之后，就知道必须释放。**

于是不知从什么时候起，个人终宵不寐的忧愁越来越淡，曾经辗转反侧的烦恼如今远如轻烟，以前要三天才能过去的纠结，现在深呼吸三下也就放下了。这样的改变总在不知不觉之间，蓦然回首才惊觉，那是用何其漫长的岁月换来的啊。再也没有谁欠我个道歉，我也不再奢求得到谁的原谅，毕竟都已时移事往，只能宽容一切的发生，并接纳那就是生命历程的一部分。是非对错就像蜻蜓掠过的水面，涟漪早就消于无形，也像飞鸟经过的天空，去留也不见痕迹。

当我在心中默念“对不起，请原谅我，谢谢你，我爱你”四句话时，对象不是任何人，而是无尽的存在，是我内在的小孩。我既是诚心忏悔的勃兰特，也是接受道歉的死难者纪念碑，一切的赎罪与宽恕都在我的内在生起与完成，也只对我的个人历史有意义。

人生苦短，何必浪费在悔恨之中？在来得及的时候道歉并原谅，至于那些来不及的，就释放于天地之间，还给无边的虚空吧。是的，在付出了许多人生的代价之后，我们终于不再自我折磨，终于懂得放过自己。

作者简介：

彭树君（生于 1964 年）

作家、编辑

台湾省桃园市人，至今共有近五十多种出版物，并以“朵朵”为笔名，出版《朵朵小语》系列。文笔清丽细腻，擅长描写女性曲折情思，字里行间总有温柔抚慰的疗愈光芒。

曾主编报纸文学版面二十余年，目前专事写作，並开设“朵朵写作坊”。

生命 文 / 郝誉翔

生命生生不息，
其中自有不可思议的伟力

1

起初，是莫拉克风灾过后大约两个月的某一天，忽然接到《天下》杂志来信，约我一起到高雄灾区的小学为孩子们说故事。当时的我既没有孩子，也从未写过相关作品，摸不清为何找上我？但既是有意义的活动，当下便立刻应允了。约定的日子一大清早，我抵达左营高铁，换搭上一部厢型车，离开市区后车便一直开往蜿蜒的山路。两个月了，风灾的痕迹却仍旧清晰可见，温泉区的招牌大半淹埋在土石流中，半毁的水泥屋矗立山崖边岌岌可危，而更让人触目惊心的，还有大地上遍布了漂流木，苍莽巨硕，也不知从哪儿冲刷来的，让人对周遭山峦神秘的伟力，不禁起了畏惧。

那山路自然是不好走的。厢型车在泥路上颠簸跳跃，又见此路不通，只得再调回头，绕另外一条根本不成形的羊肠小道，继续迂回前行。而我的身体不断随车子左摇右晃，一阵阵恶心忽涌上喉头，奇怪我自从二十岁以后就不再晕车了，今天却是怎么一回事呢？我不解地忍耐着欲呕的感觉，两个多小时后，才终于抵达山区的小学。一下车，见那校园竟是美丽异常，就建造在谷中一块半圆形凸出的台地上，面对高耸翠绿的山壁，底下是青蓝色的溪水潺潺流过。

如此温柔优美的大自然，简直令人不敢相信，它也会在顷刻之间变得残暴，无情掠走了土地上所有的一切。然而走过风灾的孩子们，却不见灾难的阴影，晒成古铜色的脸庞上睁大了一双双清亮的眼，嘴角都是笑，就像是一株株不怕摧折、用尽了力气也要向阳勃发的小树。

我于是选了一本外国得奖的童话绘本，领着一群孩子来到操场栏杆旁，坐在石阶上。那绘本讲的是一只德国黑森林中熊的故事，但才讲没两页，我就发现他们全看过了，赶紧换了一本，竟也全都读过，这才知道山区的资源虽少，但因为有出版社支援，书本却不缺乏。他们的阅读量一点也不比城市的小孩差。

这些童书都读过了，该怎么办呢？我索性放下书，要他们讲讲自己吧。孩子们起哄着说其中一个较大的男孩，是部落里最好的猎人，懂得最多。男孩于是讲起他和父亲打猎的故事，讲夜里深林黝暗漆黑，讲飞鼠唰地划过树梢，灵活如闪电。还有它纤巧的手爪，它的皮毛。“我还吃过飞鼠肉喔。”一位小女孩补充说。“我还看到过山猪。”另一个男孩也抢着说。孩子们叽叽喳喳吵起来。他们活在一个充满了动植物的天地，四处都是活生生的说不完的故事。

相形之下，我手中的那本黑森林童话实在算不得什么了。我忍不住赞叹：“写下来才对。太好听了！”没想到，我本是为了说故事而来，到头来，反倒变成了孩子说故事给我听。

那天傍晚我便带着山区温暖的夕照，以及孩子们勾勒的，一座由飞鼠、山猪和黑黝黝森林所构成的奇异世界，又搭着车穿越山间破碎的小路，回到市区，坐进灯光明亮的高铁，一路奔驰回台北。然而那黑黝黝的山林并没有离开我，我望向窗外，黑夜中孩子们诉说的野性世界仿佛仍在眼前，那儿幽暗无边又生机勃发，充满了原始的生命和喜悦。

那世界始终都在，像是阳光下魅惑迷人的暗影。而也就是那个时候，我仿佛第一次察觉到，自己体内的荷尔蒙正在发生某种奇妙的变化。我还没预想到，从此以后我将会踏上一段无法预知的生命旅程，而那旅程将比我这辈子所有的旅行都要惊险得多：我的身体将要经历最为剧烈的撕扯、膨胀，并且以自己的血肉作为土壤，好让另一个新的生命于此生根发芽。而我体内一向禁闭沉睡的某个区块，也将从此开启，如同一朵花在原本一无所有的黑夜，在泥石流猛烈冲刷过后的大地，绽放。

2

首先感觉到的，就是想睡。怀孕起初的两个月，就是没日没夜地睡，什么杂事都被抛诸脑后了。每天我把房间的窗帘拉得紧紧的，不透一丝阳光，活像是一座被巫婆下了诅咒的睡美人城堡，从墙壁、书桌到台灯，无一不陪着我坠入深深的睡眠。我这辈子似乎从来没有睡得如此香甜，睡到黑夜和白日全颠倒了位置，分不清界限。那黑夜竟不是从外界，而是从我的体内渗透出来似的，它伸出一双无形的手，固执地把我一直向内拉去，拉进一个失去重力也失去了边界的黑暗中。

我躺在床上闭着眼，手按在腹部上想，嘿，此时可不是只有我躲在棉被中呢，还有另外一个生命。我边奇异地想着，边又恍惚睡去，陷入没完没了的梦境。

朋友说，她怀孕前期也是做梦，而且净做些色彩斑斓的好梦。朋友的个性谨慎保守，没想到来到梦中，却做些平常连想也不敢想的大胆之事。她梦到在公园荡秋千，荡得又高又快，直冲天际，冲入白花花的阳光和白云里，吓得她一双脚底直发凉，但又忍不住兴奋得大吼大叫。如今她的小孩都念中学了，她还清楚记得当初梦里的开心，回想起来，嘴角都是笑。

但我恰好相反，净做些孤零零荒谬的梦，阴暗浓重的色调像极了我喜欢的东欧电影，杨・史云梅耶风格，或是让－皮埃尔・热内的《黑店狂想曲》。

于是整个冬天都在做梦。梦见去剧院看戏，《摩诃婆罗多》，所有的演员戴着神祇的面具身披长袍鱼贯入场，但我不知怎么忽然从座位上站起来，想要出去，只能爬过密密麻麻的观众席，而整座剧院宛如潮湿的迷宫，每扇门都有一尊象鼻神守候，我惶惶踩上观众的肩膀和头颅前进。又梦见黑夜里，我来到工业区的一条小泥巴路，路中央坐着一只小北极熊，低头嘤嘤哭泣着，这时路旁的水沟忽然裂开来，出现一道汹涌深邃的泥河，布满了女性阴道一般的皱褶，而就在北极熊坠入泥河的刹那，我赶紧跑向前把它抱起，它缩入我的怀中，冷得瑟缩发抖。又梦见我养的猫居然变成了一条鱼，还是那般的圆胖，在鱼缸中笨拙地来回游着，望着我发不出半点声音，忽然不知从哪儿跑来了一只猫，哗地一下跳入鱼缸，坠落缸底，我定睛一看，这才知道猫竟把鱼给吞了，我不禁在梦中放声大哭。

无数的梦如气泡，在夜中接二连三地吐出。奇怪它总不是光鲜天晴的，而是如同那年的冬天般阴郁凄冷。梦境侵入了现实，连带我听音乐时，也不知为何总特别选些矛盾激烈的来听，音响开得极大声，巴哈无伴奏小提琴，Kremer（克莱曼）的版本，还有肖斯塔科维奇的弦乐四重奏，被我反复地播放，像是要把自己全然浸泡在弓弦激情的拉扯之中，让那强大的音乐急流全面占领我的神经，才能安定自己一颗莫名焦躁的心。

那是一种想象，一种未知，一种惴惴不安，一种关于另外一个有思想有感情的生命，此时此刻，居然正在我的体内逐渐生成，以我的血肉为养分的奇异与困惑。在我的生命之上又长出了生命，而她注定将比我更加活泼、新鲜，充满野性。我想象自己化成了一个茧。

3

回想起来，这样的胎教实在不算好，至少不温柔敦厚，但对于未知的事物，又有谁能确定什么是好，什么是不好呢？而那时的我也正南北来回搬家，在台南、嘉义、台北之间盘桓，最后一刻才决定搬回台北，不管人家说什么会动了胎气之类，就像只不安的母猫，一心只想找一个安稳生产的所在。等到总算落了脚，冬日已经退去，炎炎夏日来临了。

我的腹部开始疯狂地长大，每天都比昨天还要再大上一些，肚皮绷得比鼓还紧，光滑水亮，上面一条条精细泛蓝的血管清晰可见。我总觉得它不可能再大了，再大，我整个人都要被撑裂了。我摇摇头，不可思议地想。却没想到它还是任性又倔强地继续前凸，赌着气决心离我而去似的，好飞往前方这个广大的宇宙。我阻止不了它。我的皮肤从背部脊椎的左右两侧，不断向前撑开，每撑一寸都在胀痛。我惊异地看着自己无止境地变形。

有时，我挺着肚子在路上走没几步，子宫又忽然收缩僵硬如同一颗巨石，我只得停下来，抱住它，恐惧地猜想里面究竟发生了什么事？我的肉身怎会变得坚硬如铁？那柔软的血肉都消逝到何处？然而这都只是身体试练的前奏罢了，当预产期终于过去三天时，半夜我的腹部痛了起来。

我曾问过身旁所有的妈妈们，阵痛究竟是怎么一回事？却没一个人说得清。大家都是含糊带过，因为忘了。是的，千真万确地忘了。

那被视为人类痛苦中最高等级的痛居然无法被记住，恐怕是造物者最奇妙的诡计，所以女人才甘心领受这一次又一次的痛楚。

等到自己亲身经验之后才知，那痛所启动的，仿佛是和一般疼痛不同层次的神经系统，不同于刀切，不同于火灼，那都只停留在皮肉表面，而阵痛更像是来自体内不知多深处，却一瞬间蹿出便要揪住人的全身，为之头皮发麻，脚尖痉挛的痛。那痛来无影，去无踪，都说要计算时间，所以我整夜不能睡，捧着一只钟，将疼痛凌迟身体的时间刻度密密麻麻写了满纸。

天亮了，我捧着那张纸直奔医院，却连医师都没见着就被护士退回。她摇头说，你的疼痛指数很高（奇怪疼痛居然可以用仪器测量得出，化成数字），子宫颈却还不开呢。她劝我要多走动，爬楼梯最好。我讪讪回家，家住二十层楼，我只得忍着痛，捧着肚子沿大厦的楼梯，一层层往上爬，直爬到最高二十八楼。楼梯间是我从未踏足的陌生角落，不仅我，众人皆如此，故静谧得可怕，宛如这栋钢骨大楼一条幽暗的脊梁。我独自沿着它默默往上爬，抬头看是夏日朗朗的蓝天，灼热刺眼的阳光，回首下望是永和密密麻麻的大小楼房，我爬上的二十八楼几乎是全区最高，阳光下各色的铁皮屋顶如百衲被般错落衔接。我趴在高楼的栏杆边喘气，脚下分明是汹涌的红尘，此刻却又寂静无声，简直像一不小心走入了另一个与现实平行的世界中。我想起了村上春树《东京奇谭集》中那个莫名消失在大厦楼梯间中的男人。

所以生命和存在，究竟是怎么一回事呢？虽然有一个新的生命正挣扎着，亟欲从我的体内钻出，但此刻的我仍然感到糊涂和不解。

而从这个角度望出去的城市，见不到一株绿树，只有大大小小数不清的水泥盒，铁窗和玻璃帷幕镶嵌其上，巷弄密布其中，而爬行地面的人车皆如同蝼蚁。至于盆地边缘的山，以及夏日的蓝天艳阳，都是遥远而冷漠的，和这些在盆地中打滚的芸芸众生毫不相干。然而十个月前我曾去造访的高雄山区，却不知怎么忽然回到我的眼前，那片灾后疮痍大地，那山谷间美丽的小学，还有孩子们诉说的，一座由飞鼠、山猪和森林所组成的奇诡世界。**我不禁感到真实并非肉眼可见的贫乏，因为生命生生不息，其中自有不可思议的伟力，而单凭这一点，活着，并且继续活着，就值得骄傲和敬畏。**

作者简介：

郝誉翔（生于 1969 年）

作家

台湾省高雄市人，台湾大学文学博士，其小说被归类为女性都市文学范畴，擅长以细腻的笔触处理情色主题的作品。

曾任东华大学中国语文学系教授，中正大学台湾文学研究所教授，现任台北教育大学语文与创作学系与台湾文化研究所教授，教授文学创作与现当代小说相关课程，并从事写作。

著有小说《初恋安妮》《逆旅》《幽冥物语》，散文集《衣柜里的秘密旅行》《温泉洗去我们的忧伤：追忆逝水空间》《回来以后》等。

追忆台北的晨光、晨音与吃早餐 文 / 韩良露

那些肯在早餐花时间、变花样，
寻找清晨风光的人，
大都是还能小隐于台北仍不失闲情的生活者

关于台北的晨音、晨光与吃早餐的种种，在生命中不同的阶段，都有不同的往事。

十八九岁到二十四五岁时，都跟着画画、写诗、写影评的人闲混，天天熬夜的我们，总有本领扯东扯西扯到天光鱼肚翻白，才心甘情愿离开不同朋友的家门，但也不想立即返家，于是，吃早餐就成为继续晃荡的理由了。

二三十年前，住在东门临沂街的我，有可能去东门市场走走，五六点的早市总有种精神抖擞的气氛，通常最早工作的一定是肉铺，大只猪在木板上，肉贩神准地下快刀切割，虽然是无声的演出，却仿佛听得到肃杀之声。

鸡摊总是较聒噪，关在铁笼中的红冠公鸡仍尽当日最后职责地叫晨，母鸡也叽叽地呼应着，隔邻的鱼贩将刚运到的大草鱼倒进小鱼池中，过多的鱼哗啦地在浅水中挣扎吐气，早出局的鱼其实也早轻松。

菜贩来得较晚，但也慢慢摆好了菜摊，讲究者会洒水好让菜蔬看起来像沾着露珠，清晨的菜看起来总是很有朝气的样子，也较能让疲倦而发红的眼睛看着觉得舒适。

市场里有一摊米粉汤，当年顾客还不像今日这般拥挤，可以清闲地吃碗米粉，配两块油豆腐，睁着已经逐渐要合上的双眼，有一种恍惚的倦意，但吃得微饱再回家上床会更容易入眠也保证不会大上午突然饿得醒过来。

或有时会去信义路华南银行旁的小巷中吃寿司、味噌汤、脆肠排骨冬粉，当时的中年老板人极沉静，常常小吃做得好的摊家都不吆喝，静心专注者才能料理细节吧！这家小摊我起码吃了十年，但后来老老板不在了，口味也跟着变差，如今每回忍不住去一趟就只好再失望一回。

念大学时，有一阵子搬出临沂街的家，在复兴南路底与人合租公寓过起独立时代的生活，当时天天深夜在信义路国际学舍对面的影评人朋友家大摆龙门阵，总是清谈到清晨三四点，再沿着信义路复兴南路走回租屋处。当时复兴南路还未变身为二十四小时清粥小菜街，整条复兴南路入夜很冷清，但在瑞安街口却有一处清粥摊，卖简单的台式清粥小菜，一盘菜当时只卖两元，吸引一些夜工族及起早做运动的老人，我常跻身其间，在微微的天光下，吃着传统的煮芋茎、煎咸带鱼，喝着暖呼呼的米粥，清晨时光总有种特别清明宁静的时刻，是整晚说了太多的话倒尽了思绪杂质后的空白。

之后开始为电视台写剧本，再也没时间彻夜空谈，但仍习惯做夜猫子，当时是台北经济“大跃进”的80年代，流行二十四小时咖啡座，每张桌子上还有独立电话，是前手机时代都会居民最早能享受的随身电话，但你得先觅得水草游牧处。

我的水草处是在东区的巷弄中，从晚上十点左右入驻，先喝咖啡、吃点心、打电动玩具，打混久后开始专心写剧本，中间偶尔还会接到剧组的人来电询问进度，碰上赶录像时，有时清晨六点助理还会来咖啡馆拿刚填完格子的稿件。

当时也是未禁烟的时代，二十四小时咖啡馆就如同今天的机场吸烟室，如今想来何等乌烟瘴气，但当时人在雾中却不见雾，直到人走出屋外，吸了几口薄凉的空气，竟然有种泫然的感觉，是烟醉后又清醒的片刻，听着巷道中大树上小鸟的啼叫，霎时觉得出一夜污泥。

从清晨咖啡馆出来，再也喝不得咖啡，吃不下面包等西式口味，都是去当时延吉街上一家豆浆摊，单喝咸豆浆，烧饼油条也免了，咸豆浆中放下不少辣油，吃了可振提精神，再沿着仁爱路步行回东丰街的家。

夜猫子生活在我开始制作清晨新闻节目后告终，节目六点播出，我得五点到电视台，只好成了早鸟族，清晨四点就得起床，四点半出门，还是清晨光景，却是不同风景了，一夜未眠与一觉初醒的台北是不同的台北。

清晨出门工作的我，反而没了那种费里尼式甜美生活的悠然，当年也没美而美、星巴克，较多是跟小贩顺手买个饭，路上的一切似乎都变得匆匆，看到的都是工作的人，清洁工正在洗街，水声哗啦哗啦，单车后载着豆腐木盒送货一路按着车铃，生怕被行人撞翻了豆腐，每个行人都仿佛有下一个目标，早鸟儿面对的是一天的开始。

我的正式早餐时间是节目八点结束后，有时会去当时才开业不久的君悦饭店吃自助早餐，先喝一杯现榨的橙汁，吃双蛋、火腿、枫糖薄饼，凯菲屋内坐着的也是 80 年代的起飞族，这些人才会想吃，才吃得下自助早餐这样的高能量早餐。

五星级饭店的早餐，是另一种光景，有人发出迅速翻阅《华尔街日报》的翻报声，外国财经报纸的纸张特别紧脆，翻起来会有飒飒声，煮咖啡机的蒸气声，刀叉在白磁盘上刮动的声音，不同国籍的语言的交谈声，道早安的中英文声音。

我到底在五星级饭店吃了多久的自助早餐？如今在记忆中几乎已成谜，因为都是千篇一律的食物，常常吃到一半就开始觉得困了起来，后来就厌了，直到今日，我连住大饭店都会舍免费的自助早餐不吃，可能就是当年吃怕了。

在海外的七年间，虽然也常在伦敦、纽约、巴黎、罗马、京都遇见一些优质的早餐，但台北独特的早餐光景一直让我追忆不已。回台北定居后，选择过悠闲的生活，也意味着可以选择过不同的早餐生活。

兴致一起，不管是坐捷运或坐小黄，随时可以在清晨六七点到广州街去吃周记肉粥配红糟肉，或去永乐市场吃旗鱼米粉，这都是童年阿妈带着我走的路线，吃早餐顺便拜早香，祭完五脏庙后再去龙山寺或霞海城隍庙。

艋舺、大稻埕老街区，如今还留有较多的早市，店家多五六点就开市，在甘州街上还有两处卖了四十多年的清粥小菜摊和炸油条摊，皆因循传统农业生活日出而作的节奏。清晨的小摊，冒着煮白粥的白烟与米香，七十多岁的老阿妈吃着蘸着酱油膏的脆油条，吃的也是陈年的记忆滋味。

有时，一大早去小南门旁吃一碗福州面当早餐也别有风味，在这种地方，会遇见的都是同我族类的怀旧者，加乌醋、加辣油，也加入消逝青春的滋味。

如今住在台北南区的我，清晨早起，走路五分钟处的龙泉市场内有家清晨六时就卖现煮鸡汤米粉的小摊，冬日寒索时打一碗热汤下肚最温心也温肚，散步得远些可去杭州南路去吃烧饼油条配甜浆，或去金华街榕树下的小摊吃碗花枝羹，这些市井早餐，都是庶民才能享有的自在生活。

当我想知道别人在过什么样的生活时，问他们吃什么早餐，最能描绘出他们生活的光景。**在一日三餐中，中餐、晚餐是必需，那些肯在早餐花时间、变花样，寻找清晨风光的人，大都是还能小隐于台北仍不失闲情的生活者。**早餐，也是台北如今作为一个独特城市的特色之一，想到晨起，台北有那么多有意思的早餐在等着我，自然不会想移民去巴黎。

作者简介：

韩良露（1958—2015）

作家、导演

出生于台湾省高雄市，台湾师范大学历史系毕业，其写作主题广泛，包括美食、电影、音乐、旅行、观星卜相等。

曾获金钟奖最佳新闻节目、新闻局优良电影剧本奖等奖项。

著有《生活捕梦网》《浮生闲情》《露水京都》等。